政略結婚のスパダリ弁護士は
ママとベビーに揺るぎない猛愛を証明する

m a r m a l a d e b u n k o

有坂芽流

マーマレード文庫

目次

政略結婚のスパダリ弁護士はママとベビーに揺るぎない猛愛を証明する

政略結婚のスパダリ弁護士は
ママとベビーに揺るぎない猛愛を証明する

プロローグ

桜の花が舞い散る、艶《あで》やかな春の日。

教会の重厚な扉を前に、花嫁姿の私は佇《たたず》む。

間もなく始まる誓いの儀式に、知らぬ間に指先が震えていた。

「……花菜《かな》、大丈夫？」

緊張に気づいたのか、隣にいた兄の優《ゆう》が心配げな視線を向ける。

痛々しい顔をした兄を安心させたくて、慌《あわ》てて笑顔を浮かべた。

「大丈夫。でもやっぱり、ちょっとドキドキしているみたい」

「一生に一度のことだからな。でも結婚式に友達も呼べないなんて……。俺が頼りないせいだ。花菜、本当にすまない」

繊細な文様が描かれたマリアヴェールは本物のリバーレース。神秘的とすら感じる美しいヴェールの向こう側で、兄が長い睫毛を伏せている。

母によく似た整った面差しは、漆黒の礼服がよく映《は》える。けれど新婦の父親代わりというには若すぎて、今日は教会の人たちに何度も新郎に間違われた。

兄は私とふたつしか変わらない上、女性的な顔立ちをしているせいか実年齢より若く見られる。事情を知らない人が兄を花婿だと勘違いするのも、無理もない話だ。

けれど私とバージンロードを歩いてくれる人はもう兄しかいない。

私が腕を取るはずの父は、もうこの世にいないのだ。

「花菜……このまま式を挙げて本当にいいのか？」

真剣な眼差しを向ける兄に、しっかりと視線を返した。

急な結婚を決めた私を、兄と母が心配しているのは分かっている。けれどもう、引き返すことはできない。

運命の歯車は、すでに動き始めているのだから。

「いいの。お兄ちゃんとお母さんが安心して暮らせるなら、その方がいいから」

「花菜……」

「心配しないで。私、幸せよ」

ドアの向こう側で、パイプオルガンの厳《おごそ》かな音色が耳慣れた調べを奏で始めた。

「新婦様、ご入場願います」

開け放たれた扉の先には、赤い絨緞《じゅうたん》が敷き詰められた聖道が祭壇へ真っ直ぐに続いている。

はやる心を宥める暇もなく、その聖なる道を兄とふたりで一歩ずつ進んだ。

広い聖堂はがらんとしていて、左右の座席に座る親族はごくわずかだ。

祭壇に向かって左側に母、右側には藤澤《ふじさわ》のおじ様とおば様の姿が見える。ヴェール越しに目が合うと、みな一様に微笑んでくれる。

父が亡くなって急に決まった結婚だから盛大な式はできなかったけれど、物心ついた頃から慣れ親しんだ人たちの優しさに触れ、緊張で固まっていた身体が柔らかく解けていく。

ピンと張り詰めた神聖な空気の中、歩くたびにドレスの裾がさらさらと音を立てた。

私の身を包むウェディングドレスは、フランス製のリバーレースをふんだんに使ったクラシカルなデザインだ。

トップはコルセット型のビスチェになっており、教会での厳かな挙式に相応しく肩からデコルテにかけて伝統的なモチーフを描いたレース地で覆われている。

ウエストから裾にかけてはふわりとしたドレープが広がり、贅沢なほどに使われたリバーレースが神秘的な美しさを醸《かも》し出す。

手に持ったブーケから、一歩、また一歩と足を踏み出すたびオールドローズの芳しい香りが鼻先に漂った。

(……何だか夢みたい)

美しいリバーレースのドレスも荘厳なカトリック教会での挙式も、私の幼い頃からの憧れだった。

そのどれもが、祭壇の前で私を待っている遼河《りょうが》さんが準備してくれたものだ。

父が大学の先輩である藤澤のおじ様と共同で法律事務所を立ち上げたのは、今から三十年ほど前のことだ。

当時まだ若かった父と藤澤のおじ様は、大いなる希望と野心を抱いて独立した駆け出しの弁護士だったと聞く。

独立して間もなく、ふたりは友人が父親から受け継いだばかりの小さな企業の裁判を請け負った。

大企業相手に利権を争う裁判に父たちに勝ち目はないと誰もが思ったが、彼らは世論に反して裁判で勝訴し、依頼人の利益を守った。

何の後ろだても持たず若さと知恵だけで勝利を勝ち取った父たちの功績は、今でも業界に語り継がれる有名な逸話だそうだ。

その後も父たちの事務所――F&T法律事務所は数々の企業裁判に勝訴し、今では多くの優秀な弁護士が所属する日本を代表する弁護士法人へと成長した。

父は歳を経てもなお精力的に働く現役の弁護士だった。また、私たち家族にとっては尊敬と親しみを持てる父であり、夫だった。

そんな父に対する憧憬から、私も兄もごく自然に法曹の仕事に興味を持つようになったのだと思う。

兄は父のあとを追って弁護士となり、私も大学卒業後父の下で秘書として働くこととなって、この春で丸二年を迎えた。

揺るぎない大木のように頼もしい父と、優しさに満ちた母。

私たちは愛に溢れた平和な家族だったのだ。

けれど先月、私たちを突然の悲劇が襲った。

父が業務中にオフィスで倒れ、意識が戻らぬまま帰らぬ人となったのだ。

死因は心筋梗塞とのことだった。

父の病の兆しに気づけなかった私たち家族はわが身を責め、最愛の人との突然の別れに悲しみのどん底に叩《たた》きつけられた。

それに、不幸はそれだけではなかった。

父の訃報を受け、数人のパートナー弁護士が事務所名の変更と兄の解雇を事務所の代表である藤澤のおじ様に要求したのだ。

彼らが問題にしたのは兄の弁護士としての資質だったが、問題はそんなに単純なものではなかった。

真の目的は事務所を自分たちのものにすること。

つまりは、事務所の乗っ取りだ。

そこで藤澤のおじ様は急遽息子の遼河さんをニューヨークから呼び戻し、F&T法律事務所のパートナー弁護士に指名した。

遼河さんは米国で十本の指に入る弁護士事務所で、史上最年少でパートナー弁護士に昇格した超エリートだ。

実力も実績も申し分ない遼河さんの昇格に、さすがに異議を唱える弁護士はいなかったらしい。

パートナー会議で遼河さんについての承認は滞りなく済んだらしいけれど、その席で同時に発表されたのが私と彼の結婚だった。

そう。私と遼河さんの結婚は、高橋《たかはし》の名前を冠に残すための政略結婚だ。

祭壇の手前で私をエスコートする兄の歩みが止まった。そしてすぐ側に佇む、背の高い男性と視線を交わす。

普段は柔和な兄の強い視線に、遼河さんが力強く頷《うなず》くのが目に入った。そしてゆっくりと私に移った彼の視線が、優しく優美に綻ぶ。

凛々しく美しい、まるで童話に出てくる王子様のような彼の姿に、否応なしに目が釘付けになる。

遼河さんは格式のある重厚なモーニングコートを軽やかに着こなしている。

すらりと長身の身体には適度に筋肉が付き、優美でありながらも逞しい男らしさが感じられる。

色素の薄い髪はステンドグラスから差し込む陽射しを受けて金色に輝き、彼の端整な面差しを鮮やかに彩っている。

理知的な眉、スッと通った鼻筋。薄く形のいい唇は固く引き結ばれ、まるで絵画に描かれる大天使さながらの神々しい姿に、思わず息を呑んだ。

(遼河さん、何て素敵なの……)

その容貌は男性にしては繊細すぎる美しさだけれど、薄いヴェールを通しても分かる、思慮深く煌《きら》めく濃い蜂蜜色の瞳が、彼の容貌に重厚な風格を与えている。

たとえようのない存在感に目を奪われたまま、私は兄に送り出されて新郎である彼の方へと手を伸ばす。

頼りなく差し出した私の手はすぐに遼河さんの力強い手に捕まえられた。

神秘的な輝きを放つ眼差しに見つめられ、心臓の鼓動がこれ以上ないほどに高まっていく。

彼は私を見つめたまま手を引き寄せると、彼の腕へと掴まらせる。

強引なほどの力強さに怯んだ瞬間、ほんのすぐ近くで流れるように落とされた視線が身体の自由を奪った。

動けない。息もできない。

情熱の火花が散ったみたいな、鮮やかな感情が私を襲う。

愛のない政略結婚なのに、まるで彼と本当に愛し合っているような錯覚が私を包み込んだ。

息をひそめて見つめるばかりの私に、遼河さんが優しく微笑みかける。

はっと我に返って彼と祭壇の前へ進み出ると、それを合図に聖歌隊が讃美歌を奏で始めた。

神秘的な空気の中、まるで夢の中にいるようにうっとりと美しい調べに身を委ねる。

最初に藤澤のおじ様からこの縁談を提案された時は戸惑ったけれど、父を失って憔悴しきった母や兄のことを思えば考える余地はなかった。

父が心血を注《そそ》いで築き上げたものを、簡単に失うわけにはいかないのだ。

それに私には、他にもこの縁談を断れない理由がある。

政略という名のこの結婚は、誰も知らない私だけの想いを密やかに成就させてくれるのだから。

「あなたがたは神に選ばれた者、聖なる者、愛されている者として──」

私たちの前では、神父様が優しい声で聖書を朗読している。

そして次に誓いの儀。

私と遼河さんは神様の前で手を繋ぎ、永遠の愛を誓う。

「私たちは夫婦として──」

神聖な言葉を紡ぐ遼河さんの優しい声に、切なさで胸がいっぱいになった。

分かっている。

私は本当に愛されて結婚するわけではないのだ。

でも、それでもいい。

たとえ彼にとってこの結婚が意に沿わないものでも、私は一生をかけて彼に愛を伝えるつもりだ。

そしていつの日か、少しでもいいから私を好きになってくれたなら……。それ以上に、望むことは何もない。

神父様に促され、彼に続いて私も誓約の言葉を一言一言、噛みしめながら口にする。

「──生涯互いに、愛と忠実を尽くすことを誓います」

向かい合い、遼河さんが私のヴェールを上げた。

近い距離で視線が合い、ずっと堪えていた涙が頬を伝う。

遼河さんは十五歳の時から思いを寄せるただひとりの人だ。

私は政略結婚で、恋焦がれた彼の妻になる。

ヴェールを上げた遼河さんが私の涙に気づき、ハッとしたように目を見開いた。

そして次の瞬間、頬に軽く触れるはずだった唇が、私の唇に触れる。

目を閉じることもできないまま、彼の熱い吐息を受け止めた。

淡く甘い、誓いのキス。

神様の前でのファーストキスの相手は、初恋の、私の旦那様になった人だった。

旦那様との初めての夜は、甘い初恋の続き

教会での敬虔な空気の結婚式を終えると、双方の家族だけでお祝いをした。

父の喪中ということもあって馴染みのレストランでのささやかな食事会だけれど、心から大切な人たちの笑顔に包まれ、優しい時間が流れていく。

最後のデザートが出てくる頃には緊張も解けて、私もようやくホッと一息つくことができた。

（無事に結婚式が終わって、本当によかった）

ちらりと視線を向けると、隣に座っている遼河さんはウェディングプランナーの女性となごやかに談笑している。

今回、結婚式の会場となった教会や衣装などすべてにおいてこの女性が手配をしてくれたのだけれど、そのどれもがとても素敵で、私の理想に驚くほど当てはまっていた。彼女にも彼女に依頼してくれた遼河さんにも、感謝してもしきれない。

（これから先どんな日々が待っているかは分からないけれど、こんなに素敵な結婚式をしてもらったことを感謝しなくちゃ。でも、本当に慌ただしい日々だったな……）

美しく切り分けられた苺とクリームたっぷりのウェディングケーキを口に運びながら、私はまた改めて運命の不思議さを思う。

まさか遼河さんと結婚できるなんて。

半年前の私が知ったらいったいどんな顔をするだろう？

「よかった。やっと食欲が出てきたな」

「えっ……」

不意に声を掛けられて隣に視線を向けると、いつの間にか遼河さんが席に戻っている。

その甘い眼差しに、思わず息が止まった。

私の戸惑いに気づく様子もなく、遼河さんはまるで内緒話をするように顔を近づける。

「花菜、今日は何も食べていなかっただろう？　もしかしたら体調が悪いのかと少し心配していたんだ」

「あ、あの……。やっぱりちょっと緊張していたみたいで」

慌ててケーキを飲み込みながらそう答えると、遼河さんは少し苦しげに目を細める。

「何もかもが急だったからな。君が戸惑うのも無理のない話だ。結果的に強引なことをしてしまって、本当にすまない」

「いいえ。こちらの方こそ、ご迷惑をお掛けして申し訳ありません」

「迷惑だなんて誰も思ってはいないよ。……逆に、こんなに美しい花嫁を娶《めと》れて僕は幸せ者だ」

遼河さんはそう言って優しく微笑むと、私の頬を指の背でそっと撫でる。

突然の甘い言葉とスキンシップに、思わず頬がカッと熱くなった。

(美しい花嫁だなんて……遼河さん、本気で言ってるの？)

動揺から持っていたフォークをお皿の上に落としてしまい、かちゃん、と金属と陶器がぶつかる硬質な音が喧騒の中で響く。

「あっ……ご、ごめんなさい」

慌ててフォークを取ろうとする私を制し、遼河さんはクスリと笑いながら長い指先で器用にフォークを摘む。

そしてこちらをじっと見つめながら、ケーキをひと口掬《すく》って私の口元まで運んだ。

(こ、これって、もしかして私に食べさせようとしてるの……!?)

意表を突いた彼の行動に戸惑ってしまう。それに、いつもは優美な眼差しに有無を言わせぬ強引さが宿っている気がして、鼓動が大きく跳ね上がる。

何の反応もできずに固まっていると、遼河さんは困ったようにその端整な顔を緩めた。

「花菜、そんなに緊張しないで。僕たち、もう夫婦になったんだから」

「ごめんなさい……」

「謝らなくていい。でも疲れているみたいだから、もう少し食べて。君が好きだと言っていたから、ケーキには苺をたっぷり入れてもらったんだ」

確かに苺のショートケーキは大好きだけれど、私はいつそんなことを言ったのだろう。

自分でも覚えていないくらい他愛のない会話を心に留めてくれていた遼河さんに、感謝の気持ちで胸がいっぱいになる。

蕩《とろ》けるような琥珀色の瞳に見つめられ、さっきまでとは質の違う鼓動が胸の奥でトクトクと速いリズムを刻み始めた。

促されるように小首を傾《かし》げられ、何かに操られるよう唇を開く。

そっと優しく、けれど迷いのない仕草で口の中に入れられたケーキはめまいがするほど甘く、同時に私の全身に痺れるような感覚を行き渡らせる。

それはまるで、一度味わったら後戻りできなくなる媚薬みたいな。

（ケーキを食べさせてもらっただけなのに、どうしてこんなにドキドキするの……？）

「家族のこういうのを見せられると、もうどうしようもなく照れるな」

聞き慣れた声にハッとして振り返ると、私たちのすぐ後ろに兄が立っているのに気づいた。兄の隣には母もいる。

遼河さんとの甘いやり取りの一部始終を見られていたことに気づき、あまりの恥ずかしさに居た堪れないような気分になった。

「お、お兄ちゃん。お母さんも……いつからそこにいたの!?」

「あら、お邪魔だったかしら？　ごめんなさいね、遼河さん」

バツが悪そうに顔を赤らめる兄とは対照的に、母は私と遼河さんを見比べながら満面の笑みを浮かべている。

遼河さんはそんな母と兄に輝くような笑顔を向けながら立ち上がり、深く頭を下げた。私も慌てて立ち上がり、彼の隣で頭を下げる。

「みなさんのお力添えで無事に式を終えることができました。お義母さん、それに優も。今日は僕の急なお願いを許していただいて、本当にありがとうございました」

母は凛々しくも頼もしい遼河さんの姿を感極まったように見つめた後、丁寧に頭を下げた。

「こちらこそ、本当にありがとうございます。遼河さん、花菜のことをよろしくお願いします」

「はい。お任せください。必ず花菜さんを幸せにします」

「そんな風に言っていただけて、本当に嬉しいです。……主人が生きていたら、どんなに喜んだことか」

そう言って涙ぐむ母につられ、私の目にも涙が浮かぶ。

私たちの涙に気づき、遼河さんはモーニングコートのポケットから純白のハンカチを取り出して母に渡すと、何の迷いもなく私の涙を指で拭った。

その姿に、母の目にさらなる涙が溢れる。

「花菜のことは僕が命をかけて守っていきます。だからお義母さん、どうか心配しないでください」

「遼河さん……」

「亡くなったおじさんには子供の頃から感謝してもしきれないくらい愛情を掛けてもらいました。僕が米国で弁護士としてのキャリアを積めたのも、おじさんの助言があったからです。だからこれからは、僕がみんなを守ります。おじさんの代わりには到底なれないでしょうが、僕にできることはどんなことでもするつもりです」

遼河さんの言葉に、兄の目にも光るものが浮かぶ。

「遼河さん……俺……俺も頑張りますから」

「ああ。期待してるぞ、優」

遼河さんに肩を叩かれる兄の顔にも、決意に満ちた頼もしい表情が浮かんでいる。

父を失って心細く頼りなかった私たちの心に、また新たな絆が生まれた気がした。


しばらく談笑して湿っぽい空気が消えてしまうと、遼河さんは親子水入らずでと気を利《き》かせてくれたのか「少し打ち合わせをしてくる」とその場を後にした。

凛々しい花婿の後姿を見送ってしまうと、ほうっと溜め息をついた母が嬉しそうな顔で私の手を握る。

「遼河さんのモーニングコート姿、本当に素敵ねぇ。それに花菜も本当にきれい。まるで絵に描いたようなお似合いの新郎新婦ね」

「ありがとう、お母さん」

「ドレスのレースもすごく素敵。これ、花菜が昔から憧れていたどこかの王室の結婚式で使ったものと同じ種類なんでしょう？　こんなものまで用意してくださるなんて、遼河さんに感謝しないといけないわね」

明るい表情でマリアヴェールを手にする母に、兄がちらりと意味ありげな視線を向ける。

「でもさ……本当にこれでいいのかな」

兄はそう言うと、少し引きしまった表情を浮かべた。

さっきまでとは違う深刻そうな表情に不安になり、私は思わず兄の腕に触れる。

「お兄ちゃん、何か心配なことでもあるの？」

「花菜、こんなに急に結婚を決めて本当によかったのか？」

「えっ……」

「いや、もっとお互いの気持ちを確かめ合ってからでも良かったんじゃないかって思ってさ」

兄はそう言うと、顔を上げて母に強い視線を向けた。兄の眼差しを受け、母の顔にもどこか真剣な表情が浮かぶ。

同じ気持ちを感じ取ったのか、兄は母に向かって思いきったように口を開いた。

「母さん、やっぱり花菜と遼河さんで、もう少ししっかり話をするべきだったんじゃないのか。こんな状態で結婚するなんて、花菜だって不安だろうし」

「優、お母さんだって最初は心配だったわ。でもね、今日の花菜を見て大丈夫だって確信したの。だって幸せじゃなかったら、こんなにきれいな花嫁さんにはならないでしょう？　それに遼河さんになら、誰よりも安心して花菜を託せる。幸せにしてもらえるわ」

「遼河さんに文句があるわけじゃない。俺はただ、花菜にちゃんと納得した上で結婚してもらいたいだけだ。自分の本当の気持ちを知ってから、遼河さんと暮らした方がいいと思っただけなんだ。花菜を幸せにしてくれるのは遼河さんしかいないってことは、俺にだってちゃんと分かってるさ」

兄の言葉に、切なげに睫毛を伏せた母が何度も頷く。

兄も母も、私がふたりのために意に沿わない結婚をすると思っているのだろう。

でもそれは違う。

たとえ政略結婚でも、私にとっては一途に恋してきた相手との結婚なのだ。

（でも遼河さんにとっては、きっと義務的な感情しか伴わない結婚だわ）

そんな現実が頭に浮かび、胸がギュッと苦しくなる。

「花菜……？」

いつの間にか唇を噛みしめていた私を、兄が心配そうに覗《のぞ》き込んだ。いけない。こんな顔をしていたら、みんなを心配させてしまう。

私は大きく息を吸い、顔を上げて精一杯の笑顔を浮かべる。

「お兄ちゃん、お母さんも。私、すごく幸せだよ。遼河さんは優しくて素敵な人だし、藤澤のおじ様もおば様も子供の頃から大好きだったから、家族になれて嬉しい。だから、お母さんもお兄ちゃんもあんまり心配しないで」

生まれた時から家族ぐるみのお付き合いをしている遼河さんの両親も、遼河さんと私の結婚を『娘ができたようで嬉しい』と喜んでくれている。

こんなにも優しい人たちに囲まれて、私は本当に幸せ者なのだ。

未だ複雑な表情を浮かべる兄に、私は改めて真っ直ぐな視線を向けた。

「私も遼河さんが安らげる家庭を築けるよう、精一杯努力するつもりだよ。高橋の家のために、好きでもない私と結婚までしてくれたんだもん。感謝してもしきれないよ」

私の言葉に、母と兄の顔に切なげな表情が浮かぶ。

しんみりした空気を吹き飛ばしたくて、私はとびきりの笑顔でふたりの手をギュッと握った。

確かにこの結婚は、愛のない政略結婚だ。

でも想いを積み重ねていけば、いつか本物の愛が生まれるかもしれない。

そんな一縷《いちる》の望みを糧に、今日から生きていこうと思う。

「みんなで写真を撮りましょう！」

手を取り合う私たちに、藤澤のおば様が笑顔で歩み寄ってくる。

美しく花で飾り付けられたテーブル席に座る私と遼河さんの周りに、双方の家族が寄り添った。

「撮りますよ。はい、笑ってください！」

笑顔のスタッフに見守られ、私たちは幸せなフレームに収まる。

言い知れぬ不安に震える心を、テーブルの下で密かに繋がれた遼河さんの大きな手が包み込んでくれた。


食事会がお開きになると私たちは家族と別れ、都内のラグジュアリーホテルへ向かった。

結婚後は遼河さんが用意してくれたマンションに住むことになっているけれど、今日はホテルを予約してあるのだという。

あらかじめチェックインを済ませていたのか、駐車場から直通のエレベーターに乗り込む。

ほとんど重力を感じないままあっという間に最上階まで上《のぼ》り、遼河さんにエスコートされて扉の向こうへ降りた。

艶やかな大理石のエレベーターホールに設《しつら》えられたクリスタルの花器には、溢れんばかりの大輪の薔薇の花が生けられている。

まだウェディングドレスを着たままだから誰の目にも触れずに来られたことはありがたいけれど、その手のことに疎い私でもここが通常の部屋とは違うフロアであることくらいは分かった。

「行こう。この奥の部屋だ」

遼河さんに促され、私はふかふかの絨毯にヒールを取られながら彼の腕に掴まって廊下を進む。

ようやくたどり着いた扉をキーで開けると、また六畳ほどのエントランスホールが現れた。

その向こうにまた擦り硝子の自動扉があるのだが、遼河さんはそこで突然私の身体をひょい、と抱き上げる。

俗に言う、お姫様抱っこという状態だ。

「ひゃ、え、あ、あの……」

わちゃわちゃと動揺する私とは裏腹に、遼河さんは澄ました顔で私の顔を覗き込む。

「初めて新居に入る時には、こうして花嫁を抱き上げて入るといいらしい。古代ローマ時代からの言い伝えらしいけど、縁起がいいならやっておきたいと思って。花菜、ヴェールが長いから足元が危ない。僕の首に掴まって」

甘い瞳で促され、抗《あらが》う術もなく彼の首に手を回す。結果的にさらに密着した状態になってしまい、またどくどくと心臓が忙《せわ》しなく音を立てる。

落ち着かない気持ちで視線を彷徨《さまよ》わせていると、さらに強い力でギュッと抱き寄せられてしまった。

「大人しくして僕に任せて。……いいね？　奥様」

遼河さんに抱かれて踏み入れた扉の向こうには、二十畳以上ある広いリビングと都心の宝石のような夜景が広がっている。

「わぁ、きれい……」

恐らくスイートルームと思しき部屋は、溜め息をついてしまうほど美しく飾られていた。

Ｌ字型に配置されたソファの前にある硝子のテーブルにシャンパンとフルーツが用意され、部屋の至る所に花々が飾られてまるで披露宴会場のような華やかさだ。

芳しい香りに包まれながら息を呑むほどゴージャスな夜景に見惚れていると、遼河さんはそっとソファの上に私を下ろし、「ちょっと待ってて」と言い残してリビングから出ていった。

ひとり残された私は、まるで魔法にかけられたように、夢のように煌《きら》びやかな空間に身を委ねる。

どれくらいそうしていたのだろう。気づけば、別室から戻った遼河さんが私の側に寄り添っていた。

「部屋は気に入った？」

「はい。私、こんなに素敵なお部屋に入ったのは初めてです」

「そうか。それならよかった。少し寂しい結婚式だったからね。君に喜んでもらいたくて、ちょっと見栄を張ったんだ」

遼河さんはそう言うと、優しく笑う。

「色々なことが急に決まったから、君も大変だっただろう。ゆっくりお湯に浸かっておいで。君の荷物は寝室に運んであるから」

遼河さんに促されて寝室へ向かい、部屋着に着替えてバスルームへ移動した。

扉を開けるとバスタブにはすでにお湯が張られ、辺りには心癒される花の香りが漂っている。

彼の優しい気遣いに感謝しながら身体を沈め、自分の身に起こった様々なことを反《はん》芻《すう》した。

私が遼河さんと初めて会ったのは、今から十年近く前の、中学三年生の時だ。

私が怪我をして病院に入院していた時に彼がお見舞いに来てくれたのが、最初だったと思う。

藤澤家とわが家はずっと家族ぐるみのお付き合いをしていたから、おじ様やおば様とは幼い頃から顔見知りだけれど、私はそれ以前に遼河さんと会ったことがなかった。

遼河さんとは八つも歳が離れている。

私たちが子供の頃にはもう思春期を過ぎていたはずだから、きっと幼い子供と過ごす行事には参加しなかったのだろう。

あの時、私は駅の階段から派手に落ち、救急車で病院に運ばれた。

意識を失ってしばらく入院していた私が目を覚ました時、最初に視界に飛び込んできたのが遼河さんだったのだ。

『……あなたは……誰？』

この素敵な人は誰だろう。

最初に会った時から、そう思っていた。

まるで童話に出てくる王子様のような色素の薄い髪と瞳、端整な造りの美しい顔立ち。

何もかもが夢のように光り輝いていて、胸がいっぱいになった。

瞬きすら忘れる私に、遼河さんは少し困ったように目を伏せ、そして優しく微笑んでくれた。

私の手を包み込んでいた大きな手にぎゅっと力がこもったことを、今でも鮮明に覚えている。

『初めまして。僕は遼河。藤澤遼河です。花菜ちゃん、気分はどう？』

その一瞬で、私は恋に落ちたのだ。

それ以来、私は遼河さんに長い片思いをしている。

十五歳から二十四歳の現在に至るまで、一途に想い続ける日々だったのだ。

（遼河さんと結婚できたなんて、今でも信じられない）

出会った時、日本の大学を卒業したばかりだった遼河さんは、その後ニューヨークのロースクールに留学し、ニューヨーク州の弁護士資格を取得して今回帰国するまで現地で優秀な弁護士として働いていた。

とはいえ、遼河さんと私が今までまったく会わなかったわけではない。

彼が帰国した際には必ず連絡があって双方の家族で食事を共にしていたから、今までも年に数回は顔を合わせている。

会うたびにお土産を貰ったり時には美術館などに誘ってもらうこともあり、月に一、二度はメールのやり取りもしていたから、どちらかというと親しくお付き合いをさせてもらっていたと思う。

遼河さんはどんな時も紳士的に私に接してくれ、優しく穏やかな笑顔を絶やさないパーフェクトな王子様だった。

彼以上に素敵な人なんて、世界中どこにもいない。

十五歳の時に出会ってから彼以外の男性が目に入らなかったのは、よくよく考えればごく当然の成り行きと言えるだろう。

けれど、だからといって特別な関係では全然なかったのだけれど。

(でも、もう後戻りはできない。心配してくれるお兄ちゃんやお母さんのためにも、

遼河さんのいい奥さんになろう)

この結婚は長年苦楽を共にした父に対する、藤澤のおじ様と遼河さんの優しい配慮だ。

彼を想う私にとっては幸福なアクシデントだったけれど、遼河さんにとってはきっとそうじゃないだろう。

父とおじ様の関係を尊重し、すべてを飲み込んで結婚を受け入れてくれた遼河さんに、私の一生をかけて恩返しをしていきたい。

入浴を終えると丁寧に髪を乾かし、母が用意してくれたナイトドレスに着替えた。

薄いシルクで作られた白いドレスは、繊細なレースがふんだんに施された美しいデザインだ。

まるでお人形になった気分で身に纏い、鏡の前で髪を緩く束ねて片側に流す。

(変じゃない? 遼河さん、気に入ってくれるかな……)

洗面台に設えられた大きな鏡の中には、頼りない顔をした自分が映し出されている。

さっきまで一分の隙もなく施されていた化粧はきれいさっぱり洗い流され、素肌にとろみのあるシルクのナイトドレスを纏う私は、まるで見知らぬ女のように目に映る。

不意にこれから始まる遼河さんとの生活に、期待と不安が入り交じった感情が込み上げた。

（どうしよう。何だか心臓が痛い……）

高鳴る胸を押さえつつ、私はバスルームを後にした。


おずおずとリビングに戻ると、遼河さんが笑顔で迎え入れてくれた。

その眼差しが素早く私の全身を捉えたのが分かり、慌ててソファに腰を下ろしてナイトドレスを隠すようクッションを抱く。

（お母さんの言うなりにこんなものを着てしまったけど、変じゃないかな……）

居心地の悪さに唇を噛みしめていると、遼河さんから労《いたわ》るような視線が向けられる。

その気遣いにまた敏感に反応してしまい、意識しすぎている自分を否応なしに実感させられる。

「それじゃ、僕も風呂に行ってくるよ」

優しい笑顔を残して彼がバスルームへ行ってしまうと、ようやく張りつめた空気が解けた。

私は脱力しながらクッションを掻き抱《いだ》き、大げさに背もたれに倒れ込む。

「はぁ……緊張する……」

私たちの結婚が決まったのは、わずか一か月ほど前、父の葬儀が執り行われた直後のことだ。

遼河さんは父の訃報を知り、遠い異国の地から私たちの下へ駆けつけてくれた。

結婚が決まり、急ぎニューヨークでの仕事を片付けて帰国した遼河さんは、父の代わりに事務所のパートナー弁護士に就任したり、新居を用意したりと文字通り目の回るような忙しい日々を過ごしていたらしい。

そんな理由で結婚が決まってから今日まで私が遼河さんと会ったのは、わずか数回ほどしかなかった。

だからこんな風にホテルの部屋でふたりきりになるのも、もちろん初めてのことだ。

(でも、これからは毎日遼河さんとふたりで暮らすんだ……)

結婚して夫婦になったのだから当たり前のことだろうが、私にとっては激しく動揺するシチュエーションだ。

しかも今日は結婚式当日。いわゆる初めての夜ということになる。

(こういうの、しょ、初夜……っていうんだっけ?)

昨夜、どこかしんみりとした様子でこのナイトドレスを用意してくれた母の顔が脳裏を過《よぎ》り、恥ずかしさで頬が熱くなる。

（お母さんは夜はこれを着て全部遼河さんにお任せしなさいって言ってたけど……もしかしてそう言う意味だったの!?）

十五歳で遼河さんに一目ぼれした私には、今までボーイフレンドどころか男友達すらいたことがない。

キスだって、今日結婚式で初めて経験したのだ。ましてやそれ以上のことなんて、まるで想像がつかない未知の領域だ。

（でも……結婚して夫婦になったんだから、そういう繋がりを持つのは当たり前のことだよね……）

たとえ政略結婚でも、夫婦は夫婦だ。私と遼河さんにも、いつかは子供ができて家族が増えていくのかもしれない。

結婚して、ひとり、またひとりと家族が増えていくのは、ごく自然なことだ。

遼河さんとの未来を思い描くうち、様々なことが現実的に心に浮かび上がってくる。

（わ、私、これから遼河さんと……）

この後わが身に起こることを想像し、居ても立ってもいられなくなってソファから立ち上がった。

（お、落ち着かなきゃ。こんなに動揺していたら、遼河さんに変に思われる……）

私は大きく深呼吸をし、広いリビングをうろうろと動き回る。

クリスタルの大きな花器に生けられた豪華な薔薇を眺めたり、バーカウンターに並べられた洋酒の瓶を手に取ってみたりして心を落ち着かせていると、不意に背後に人の気配を感じた。

「……これはだめだ。君には少し強すぎる」

あっと思うより早く耳朶に響いた声は、普段聞くものよりずいぶん甘い。

続いて伸びてきた筋張った手に手首を掴まれ、持っていた瓶をするりと抜き取られてしまった。

後ろから包み込まれるような形になり、背中に彼の胸の辺りが触れている。薄いシルクから彼の体温が伝わり、心拍数が急激に上がっていく。

「有名な画家の名前がついたお酒だね。確かスイーツみたいに甘くて飲みやすいけど、度数は三十五度もある正真正銘のウォッカだ。だからたとえ美味しそうに見えても、絶対手を出しちゃだめだよ」

ハッとして振り向いた視線のすぐ先に遼河さんの首筋があった。

顔を上げると、ごく近くに、彼の端麗な顔が迫っている。

濡れた前髪の隙間から覗くくっきりした二重の瞳が、何かを問いかけるようにじっと私を見つめていた。

「あ、あの、私……」

「ホテルが用意してくれたシャンパンがあるから、今日はそれを飲もう。甘いものを頼んだから、これよりは飲みやすいはずだよ」

遼河さんは長い指でウォッカの瓶をカウンターに戻すと、ごく自然に私の手を取った。

彼に手を引かれ、美しい夜景を見渡せるソファへと腰を下ろす。

自然な仕草で私の隣に座り、シャンパンのボトルを手に取る遼河さんをこっそりと見上げた。

まるでギリシャ彫刻のような端整な横顔。スッと筋が入る腕のライン。どこから見ても見惚れるほどに美しく、それまで感じたことのない色香さえ漂う。

これまで洗練されたスーツ姿しか見ることがなかったから、こんな不意打ちの姿を見せつけられては心臓が休まる暇もない。

(こんな遼河さん、今まで見たことない……)

ぼうっと見惚れるばかりの私の目の前で、遼河さんは手際よくコルクを引き抜き、優雅な手つきでシャンパンをシャンパーニュ・グラスに注いだ。

金色に輝く液体の中で、無数の細やかな泡が弾けては消えていく。

瞬きもせずに見つめる私に柔らかな笑みを落とし、遼河さんがシャンパンを注ぎ分けたグラスを私の前にスッと滑らせた。

「それじゃ、乾杯しようか。……君と僕の未来に」

「えっ……」

「これから始まるふたりの人生に……乾杯」

遼河さんは薄く微笑みながらグラスを掲げると、呷《あお》るようにシャンパンを飲み干した。

すぐ側で嚥下する逞しい喉仏に何故か落ち着かない気分になり、赤くなりそうな頬を誤魔化すよう慌ててグラスに口をつける。

口の中に流れ込んだ液体は淡い気泡と果実味が心地よく、すっと喉を通り過ぎる瞬間に鼻腔に芳しい香りが広がる。

今まで飲んだどのシャンパンよりも美味しく、蠱惑《こわく》的な甘さが舌先に残った。

「……美味しい」

「そうだね。悪くない」

そんなやり取りをする間も、遼河さんの視線はずっと私に注がれたままだ。

いつもは優しく感じられる琥珀色の瞳が濃く揺らめいた気がして、彼の視線から逃れるようグラスの残りを一気に呷った。

喉を通ったシャンパンが身体の内部に沁み渡り、その後でカッと胃の辺りが熱くなる。

思わぬアルコールの刺激に咳き込むと、慌てたように遼河さんが背中をさすってくれた。

「こら、一気に飲みすぎだ。ウォッカよりは低いけど、シャンパンだってアルコール度数は結構高いんだぞ」

「……すごく美味しかったから」

「君がシャンパン好きなのは分かったけど、今日は疲れてるだろうし、ほどほどにしておいて」

遼河さんはそう言うと、備え付けの冷蔵庫からミネラルウォーターを取り出してグラスに注いでくれる。

けれど冷たい水を飲んでも、頬の熱はちっとも収まらない。

この熱は、きっとアルコールのせいではないのだろう。

(……遼河さんが素敵すぎるからだ)

心配そうな顔で私を見つめる遼河さんは、清潔そうな白いTシャツに黒い綿のボトムスを合わせている。

いつもきちんとセットされている少しウェーブが掛かった色素の薄い髪が今は無造作に下ろされて、額を覆う前髪が遼河さんの印象的な眼差しを淡く彩る。

薄いTシャツを身に着けただけの首から肩にかけてはほどよく筋肉が付き、逞しい腕は、力を入れるたびに男らしく筋肉が浮き上がる。

王子様のように優しくたおやかな印象だった彼の意外な男らしさに、いやが上にも胸の鼓動が速くなった。

遼河さんはそんな私をしばらく見つめた後、隣に座ってそっと身体を寄せた。

胸の鼓動が、またどきりと大きな音を立てる。

「少し落ち着いて。一度深呼吸してみて」

遼河さんはそう言うと、私の手にそっと自分の手を重ねた。

温かな、大きな手。

言われた通りに大きく息を吸うと、遼河さんの顔に優しい笑みが浮かんだ。

「結婚まで慌ただしかったからな。君が戸惑うのも無理もない話だ」

「でもこの結婚は急がなければならなかった。事務所の中に、優を排除して事務所名を変更しようとする動きがあったからね。今まで父とおじさんが抑えていた野心家の弁護士たちが、今が好機とばかりに不穏な動きを始めていたんだ」

「遼河さん……」

「中津川《なかつがわ》先生たちですか」

「……そうだ。君もうちの事務所で働いているから、彼のことは知っているね」

遼河さんはそう言うと私の手を取り、両方の手で包み込んだ。

その揺るぎない力強さに、次第に心が静かになっていく。

「彼ら──特に中津川先生は結構なやり手だ。ある一定の実績は上げているから、先に会議で彼のパートナー昇格を承認されてしまったら、いくら父でも反論できない。だから僕はできるだけ早く君との結婚を発表して、おじさんの代わりにF&T法律事務所の新しいパートナー弁護士になる必要があった。向こうが根回しを終えてパートナー会議を開く前にね。F&T法律事務所のパートナーたちはそのほとんどが父やおじさんと苦楽を共にした弁護士ばかりだ。だからおじさんの娘である君と結婚した僕がパートナーになれば、君の兄でおじさんの忘れ形見である優に手は出せないだろうと思った。実際に先日の会議では、高橋の名も優も守ることができたしね」

遼河さんの言葉に、心の底から感謝の気持ちが溢れてくる。

中津川先生のことは、私も父から聞いて知っていた。

彼が事務所に入ったのは、今から約十年ほど前のことだそうだ。

以前は自分で事務所を立ち上げていたらしいけれど、クライアントと大きなトラブルを起こし、その影響で事務所を畳んで父たちの事務所に合流した。

中津川先生はとても優秀だけれど、野心家で勝つためには手段を選ばないところがある、父たちとは違うタイプの弁護士だ。

特に正義感の強い藤澤のおじ様とはそりが合わず、何度か衝突があったそうだけれど、その都度父が間に入って仲裁していたらしい。

けれど父が亡くなった後、中津川先生は兄を疎外して自らがのし上がろうとしたのだ。

父を失って憔悴していた私たちを、突然手のひらを返したように攻撃してきた彼の狡猾《こうかつ》な眼差しが今でも忘れられない。

結果的に遼河さんのパートナー就任で高橋の名と兄の立場は何とか守られたけれど、今でも兄はことあるごとに彼の陰湿な嫌がらせにあっている。

もっとも、兄ももっと成長しなくてはならないのだけれど。

藤澤のおじ様は彼の不穏にいち早く気づき、私と遼河さんの結婚を提案して私たちを守ってくれた。

藤澤家の深い思いやりには、いくら感謝してもしきれない。

それに政略結婚と言っても、この結婚で利益を得るのは私たちだけなのだ。

結婚という重大な選択を家同士の事情で決めざるを得なかった遼河さんに、また申し訳ない気持ちでいっぱいになる。

「遼河さん……本当にありがとうございます」

彼にもう一度頭を下げながら、ふと心に小さな疑念が湧く。

私にとっては密かに恋する相手との結婚に何の問題もないけれど、遼河さんには、結婚を考える相手はいなかったのだろうか。

（遼河さんにとって、この結婚は本当に納得できることなんだろうか……）

もしかしたら私は、取り返しのつかないことをしてしまったのではないのか。

今さらのように事の重大さに気づき、思わず涙ぐみそうになる。

すると遼河さんは両手で私の頬を包み込み、そっと顔を上げさせた。

その優しい眼差しに、胸が痛いほど疼く。

「僕の父はずっと君のお父さんに支えられてきたんだ。だから僕が君たちを守るのは、ごく当たり前のことなんだよ」

「でも、結婚だなんて……。本当によかったんでしょうか」

「それは……花菜、君も同じだろう？」

「私……私は……いいんです」

「どうして？」

「だ、だって、あの」

言い淀んで言葉に詰まっても、遼河さんは私から目を離さない。

憧れの人の真っ直ぐな視線に耐えきれず、私は何とか彼の手から逃れようと身を捩《よじ》った。

すると今度は、彼の逞しい手が腰に回った。

身体をぐっと引き寄せられ、もう片方の手が頬に添えられる。

「僕は父からこの話を聞いた時、ふたつ返事で了承した。おじさんには子供の頃から可愛がってもらっていたし、君たち家族のために僕ができることなら、何でもしたかったからだ。それに……」

遼河さんは言葉を切ると、私を見つめた。今まで見たことのない怖いくらい真剣な眼差しに胸がいっぱいになり、息ができない。

どうしたらいいのか分からないまま視線を返すと、その琥珀色の瞳の中に自分の顔が映っているのが分かった。

大好きな人の瞳の中に、私だけが映っている。

その紛れもない事実に、心に喜びが満ちていく。

瞬きをしたら、パラパラと涙が零れ落ちた。

自分が泣いているのだと気づくのと同じ早さで、不意に遼河さんの唇が私のそれを塞ぐ。

あっと思って身体を引こうとしたけれど、彼の力強い腕に取り込まれ、気づいた時には胸の中に抱かれていた。

教会でしたのとは違う、甘くて、湿度の高いキス。

時おり頬の涙を拭いながら、唇の表面をなぞるような浅いキスが何度も、何度も続く。

彼の吐息が、熱い唇が私のそれに触れ、愛おしげに啄《ついば》んではまた落ちてくる。

硬く強張っていた心が、身体が溶けて、彼の腕の中にくったりともたれかかった。

すると遼河さんはわずかに唇を離し、ほんの近い距離でまた私をじっと見つめる。

彼のきれいな瞳が、燃えさかる炎のように揺らめいているのが分かった。

「ずっと……君を可愛いと思っていた。好奇心旺盛な大きな瞳も、時々見せる寂しげな横顔も、何もかもを愛しいと思っていたんだ。だから僕は、君と結婚できて心から嬉しい。君と……ずっと愛し合って生きていきたい」

（えっ……遼河さん、今、何て言ったの？）

思いもよらない彼の言葉に、思わず息が止まる。

時間が、私たちを取り巻く空間がすべてが止まり、宝石のような都心の明かりだけが、音もなく煌めいていた。

私を愛しいだなんて、本当なのだろうか。

信じられない気持ちで彼を見つめる私に、遼河さんは真剣な表情で言葉を続けた。

「順番があとさきになってしまったけれど、改めて……花菜、僕と一生を過ごして欲しい。愛している。君を必ず幸せにする」

怖いくらいに真摯な眼差し。揺らめく瞳の炎に、彼の言っていることが真実なのだと直感する。

憧れの人からの突然の告白に、身体中が喜びでいっぱいになった。

穏やかに積み重ねてきた彼との日々を思い出し、嬉しさでまた涙が溢れる。

「遼河さん……私……私も、遼河さんが好きです」

出会った時から好きだった。

他の人なんて目に入らなかったのだ。

そんな彼が私と同じ気持ちでいてくれたなんて。まるで夢を見ているような気分になる。

幸せな涙が止まらなくなってしまった私を、遼河さんが優しく引き寄せた。

彼の温かな胸の中に包まれ、温め続けた彼への想いが溢れて、止まらなくなる。

「私……ずっと前から遼河さんを好きでした。遼河さんだけが好きだったんです」

「……ありがとう」

遼河さんはそう言って微笑むと、つっと人差し指を私の唇に滑らせた。

突然与えられた未知の刺激に思わず唇が開くと、長い睫毛を伏せた遼河さんの顔がそっと近づく。

「ん……」

彼の熱い唇が私の唇を覆い、隙間から忍び込んだ彼の柔らかな舌が口内を弄《まさぐ》る。

怯えて縮こまった舌が搦《から》め捕《と》られ、味わうように何度も吸われて、知らず知らずのうちに息が漏れた。

こんなに大人の匂いがするキスは初めてなのに、同じように彼を求める自分が不思議だ。無意識に、本能に翻弄されるように彼の熱い舌に自分のそれを絡ませる。

彼への想いが壊れるくらいに胸の鼓動を加速させて、漏れる息も、潤む視界も、私のすべてが彼への想いで押し流されていく。

しばらく夢中になって互いを求め合っていたけれど、やがて遼河さんが短い吐息を吐きながら唇を離した。

いつもは清廉に澄んだ瞳が、今は妖しい炎で揺らめいている。

「花菜。この結婚を政略結婚だと言う人がいるかもしれない。でもそれは違う」

「遼河さん……」

「僕は君を愛している。もう、ずっと前から。僕はどんなことをしても君と、君の家族を守るつもりだ。だから花菜も安心して僕の側にいて欲しい。……ずっと笑っていて欲しいんだ」

喜びを噛みしめながら頷くと、遼河さんは私の頬を包み込み、額にそっと唇を押し付けた。

「大切にする」

「はい。私も……遼河さんを大切にします。だからずっとお側にいさせてください」

「花菜……」

遼河さんは堪らない、といった表情でまたひとしきり私の唇を貪ると身体を起こして膝裏に手を入れ、私を横抱きにした。そしてリビングを出て廊下を横切り、ベッドルームへと歩みを進める。

開いた扉の向こうには硝子戸いっぱいに広がる夜景と、大きなベッドが待っていた。夢のような景色に囲まれながらベッドに組み敷かれ、すぐに視界を遼河さんの顔が覆う。

美しく切なげで、どこか獰猛《どうもう》な匂いを感じさせる彼に、ほんの少しの恐れと、愛おしさが溢れ出す。

手を伸ばしてそっと彼の頬に触れると、印象的な彼の瞳が暗闇でいっそう煌めいた気がした。

「花菜、今日から僕のすべては君のものだ。だから……君のすべてを僕に与えて欲しい」

「遼河さん……」

「本当はもう少し待とうと思っていた。僕との生活に慣れて君の緊張が解けるまで、もっと時間をかけようと思っていたんだ。でも無理だ。こんなに可愛い君を前にしたら、とても我慢できない」

遼河さんはそっと触れるだけのキスを落とすと、とても近い距離で私を見つめた。

その懇願に満ちた眼差しに、胸がきゅっと音を立てる。

「花菜、これから君を本当に僕の妻にしたい。君を抱きたい。……いい？」

彼の真っ直ぐな言葉が、私の心の真ん中に広がる。

愛する人に求められている。

信じられないほど甘美な現実に、喜びが加速していく。

「私……私も、遼河さんの本当の奥さんになりたい」

「花菜……」

「私の全部を、遼河さんのものにしてください」

心を尽くして紡いだ言葉は、すぐに遼河さんの荒々しい唇に奪われてしまう。

深くまで入り込んだ柔らかな舌が堰を切ったように狂おしく私を求め、口内を隅々まで蕩けさせる。

普段は優しく優雅な彼が見せる情熱的な姿に、また新たな愛おしさが溢れ出した。

「花菜……可愛い」

私が知るよりずっと甘い、遼河さんの声が耳を掠《かす》める。

唇はいつの間にか頬、耳から首筋へと移り、胸のリボンを解いて露《あらわ》になった胸元に顔を埋められると、堪えきれず甘ったるい声が漏れた。

恥ずかしさに思わず手で口を覆ったけれど、私の羞恥と背反するように、遼河さんの唇がますます性急さを増す。

いつの間にかナイトドレスを取り去られ、彼の指先が、柔らかな唇が私の素肌を余すところなく暴いていく。

切なさで息が苦しい。

初めて与えられる刺激に震える私に、遼河さんがまた優しいキスを落とす。

味わうように肌を食べられ、溢れ出した蜜を吸っては、私を限界まで追い詰めていく。

心臓が破れてしまうほど鼓動を刻んで、私はまた荒い息を吐いた。

「どこもかしこも可愛くて……。美味しいね、花菜は」

「やっ……遼河さ……」

息も絶え絶えに彼を見上げると、彼もいつの間にか衣服を脱ぎ捨て、一糸纏わぬ姿になっていた。

艶やかな肌と逞しい身体を容赦なく見せつけられ、恥ずかしいのに目が逸らせない。

匂い立つような男性の色香にあてられ、思わず頭がクラリとしてしまう。

「力を抜いて。大丈夫、僕の奥さんはちゃんと僕を感じてる。ちゃんと……受け入れようとしているよ」

遼河さんはそう言うと密やかに微笑み、また私の中に顔を埋めた。

敏感な場所に巧みに舌を這わせ、苦しいほどに追い立てられて背中がしなる。

初めて与えられる濃密な感覚に、身体が悲鳴を上げている。

怖いのに、同じくらい欲しいと思ってしまう自分に、戸惑うことしかできない。

私のすべてが余すことなく潤み、甘い声を上げて、見知らぬ私へと生まれ変わっていく。

やがてゆらりと身体を起こした遼河さんの逞しい身体が、私の中にゆっくりと沈み込んだ。

滾《たぎ》るような情熱が私の中に流れ込み、身も心も彼でいっぱいになる。

「君を愛している。これからも、ずっと」

「んっ、あっ……遼河、さ……」

「大切にする。だから……君に僕を刻み付けさせて」

うっすらと開いた潤んだ瞳の向こうで、琥珀色の瞳が濃く揺らめいた。

まるで獲物を追い詰めた、美しい獣みたいに。

瞬きも忘れて彼を見つめていたらキスの雨が降ってきて、ゆっくりと、遼河さんの身体が動き始めた。

覆いかぶさるように抱きしめられ、まるで揺りかごのように優しく揺らされる。

時おり濃密な口付けを与えられては見つめられ、身体を揺さぶられては、また愛おしげな彼のキスが降ってくる。

堪らなくなって彼の背中にギュッとしがみつくと、彼は同じように私を抱く手に力を込め、また私の身体の至る所に彼の印を刻んだ。

ぴったりと合わさった胸からは、力強く拍動する彼の鼓動と、温かな体温が伝わってくる。

(私、遼河さんとひとつになってるんだ)

彼の逞しい身体に抱かれながら、私の心に歓びが満ち溢れる。

嬉しい。大好きな人と結ばれたことが。

ゆらゆらと身体を揺らされながら、不意に涙が止まらなくなった。

私の涙に気づき、遼河さんが身体の動きを止める。

「花菜、どこか痛い？」

心配そうに見つめる彼に、首を振って笑顔を向けた。

「私、嬉しいんです」

そう言って遼河さんの頬に触れる。

まだ少女だった頃、入院していた病院で目覚めた時、偶然目の前に彼がいた。

初めて会った人なのに何故だか懐かしくて、思わず零れた涙を彼は優しく拭いてくれた。

私はたぶん、その一瞬で恋に落ちたのだ。

ずっと焦がれていた人と夫婦になれた。好きな人の胸に抱かれることがこんなにも幸せだなんて知らなかった。

幸せな気持ちで満たされ、愛おしくて胸がいっぱいになる。

「遼河さんが好き。……大好き」

思わず零れた言葉に、遼河さんのきれいな瞳が大きく見開かれた。そして切なげに私を見つめると、ぐっと私の身体を引き寄せる。

「……分かってる。だからもう、君を絶対に離しはしない。絶対に……僕が守る」

彼は低い声でそう囁《ささや》くと、さっきよりも強くしなやかに引きしまった身体を私の身体に打ち付けた。

彼の激しい想いを受け、経験したことのない感覚が私を襲う。

何かが弾けてしまいそうな焦燥感と、身体の奥から沸き起こる彼への愛しさが、何もかもを押し流していく。

結婚初夜、長い夜をかけて、私は濃く甘く彼に愛されるのだった。

甘い甘い新婚生活

「花菜……花菜」

真っ白なシーツの海の中で、誰かが私を呼ぶ声が聞こえた。

甘くて優しい、大好きな人の声。

その人の声を聞くだけで、涙が出そうになるほど幸せになる。

「ん……」

身じろぎをして息を吐いた。

息を吸ったら鼻の奥がツンとして、自分が泣いていたのだと気づく。

「起きて、花菜。……泣いてるの?」

ハッとして目を開けると、目の前に心配そうな遼河さんの顔があった。

慌てて身体を起こすと、キングサイズのベッドに腰掛けていた遼河さんが心配そうに顔を覗き込む。

「花菜、大丈夫? 朝食の準備ができたから起こしに来たら、花菜が泣いていて……びっくりした」

遼河さんはそう言って私の頬を両手で包み込んだ。

大きくて温かな、優しい手。

この手の温もりに包み込まれたら、もう他に何もいらないと心から思う。

「ごめんなさい。私、寝坊しちゃったんですね」

「いや、よく眠ってたから、わざと起こさなかったんだ。昨日も……無理をさせたからね」

遼河さんはそう言って少し悪戯っぽく笑うと、肩を抱き寄せてぎゅうっと抱きしめてくれる。

「どうして泣いてたの？　怖い夢でも見た？　それとも……何か心配なことでもあった？」

「いいえ、何にも心配ごとはありません。自分でも分からないんです。どうして泣いていたのか」

温かな彼の胸に包まれながら、私は指先からすり抜けていった記憶を手繰り寄せる。

たぶん、私は夢を見ていたのだ。

どんな夢だったかは思い出せないけれど、それは決して悲しい夢ではなかった。

逆にとても温かで、光り輝いていた気がする。

きらきらと輝く小さな思い出が次々と浮かび上がっては、まるで金色の落ち葉のように降り積もっていった。

ずっと昔、まだ幼かった頃から、宝物のように手の中に握りしめていた宝石のような記憶の欠片。

「夢の中で……すごく大切なものに出会って、大切すぎて、その思い出に触れるだけで涙が溢れて……」

そう言葉にすると、背中に回った遼河さんの腕が急に解けて、次の瞬間にはベッドに押し倒されていた。

呆気にとられてパチパチと瞬きしながら彼を見上げると、その端整な顔にほんの少し不機嫌な表情が浮かんでいる。

「泣くほど大切な思い出って……何？」

「えっ」

「花菜を泣かせた思い出の正体は何なんだ。僕の知らないこと？　こんなこと、簡単には見過ごせない」

どんな時にも冷静な遼河さんのこんな表情を見るのは初めてで、面食らうと共に少し笑ってしまう。

「……花菜。どうして笑うんだ。僕はちょっと、いやすごく怒ってるんだぞ」

「ごめんなさい。……でも、ただの夢ですよ？」

「夢でも気に入らない。君を泣かせる夢が苛立たしいし、許しがたい。できることなら夢の中に入り込んで、花菜を泣かせた代償を負わせたい」

私の手首を押さえつけながら真剣な顔で言う遼河さんに、堪えきれずに噴き出してしまった。

いつも論理的なことだけを追求している遼河さんが、こんな非論理的なことにこだわるなんて。

同時に、自分の存在が彼にそんなことをさせているのが信じがたく、蕩けるほどの幸福が身体中を駆け巡った。

「まだ笑うのか。そんな悪い子にはお仕置きだぞ」

遼河さんはそう言うと私の身体に覆いかぶさり、唐突に首筋にキスの雨を降らせ始めた。

両手を封じられているせいで何の抵抗もできず、私はくすぐったさに足をバタバタさせる。

「遼河さん、やめて！　くすぐったい……っ」

「だめだ。こんなに真剣に心配している夫を笑うなんて、断じて許しがたい」

笑いながらふたり、ベッドの上で身体をバタバタさせて。

幸福すぎる、月曜日の朝。


遼河さんと結婚してから、二か月ほどが過ぎた。

新居は職場からほど近いタワーマンションの高層階。ここなら通勤時間の節約ができると、不動産会社で紹介された日に即決したらしい。

遼河さんがこんなに通勤時間にこだわるのも、まったく無理もない話だった。

ニューヨークから戻ったばかりだというのに、遼河さんは毎日本当に忙しい日々を送っている。

先日も帰国早々大手クライアントの企業裁判を担当して、誰もが負けを確信していた案件を示談に持ち込んだらしい。

その評判は瞬く間に業界を駆け巡り、依頼が殺到していると聞く。

遼河さんの担当は今のところ主に外資系企業だけれど、ゆくゆくは生前父が持っていた大きなクライアントを引き継ぐ予定だ。

そのための根回しやあいさつ回りも多く、毎日分刻みのスケジュールをこなしているのだと彼の秘書から聞いている。

だから本当ならあまりふたりで甘い時間は過ごせないはずなのだけれど、そこは『新婚だから』と押し切り、休日の接待は極力避けているらしい。

だから私と遼河さんの週末は、文字通り新婚夫婦の甘い週末だ。

クライアントから急な呼び出しが入ることがあるから遠出はできないけれど、ふたりきりの週末には、私は彼に溺れるほど甘やかされて時を過ごしている。

色とりどりの花や芳しい香水、見ているだけで心が弾む美しいスイーツ。

遼河さんから与えられるものはどんなものでも嬉しいけれど、何より私の心を捕らえて離さないのは物ではなく彼との時間だ。

ふざけて落とされていたはずのキスが次第に湿度を帯びて、いつの間にか味わうようなキスへと変わっていた。

「ん……」

遼河さんの唇が私のそれを覆い、深く交わって互いを確かめ合う。

思わず漏れた吐息に、彼の唇がいっそう熱を帯びる。

息ができないほどのキスが幾度も私の唇を貪り、やがて彼の指が胸元のリボンをそっと解いた。

ハッとして胸元を両手で隠したけれど、片方の手でやすやすと両手首を束ねられてしまう。

「りょ……が、さん、も、起きなきゃ……」

キスから逃れながら何とかそう伝えるも、遼河さんの唇と指先は止まらない。

器用に動く指と唇であっという間にナイトウエアのトップスがはだけて、ツンと主張する胸先が彼の目の前に晒された。

慌てて身体を捩ったものの、まるで吸い寄せられるように彼の唇が敏感な部分を含んでしまう。

「だ、だめ……っ。早く起きて支度を……」

今日は週はじめの月曜日だ。

家を出るまでにはまだ一時間と少しあるが、出勤前の準備もあるしこんな風に戯れている暇はない。

……それに、この週末はもう十分すぎるほど愛し合ったはずだ。

昨夜もいやというほど愛を注がれ、最後には気絶するように彼の腕の中で眠りに落ちてしまった。

就寝というには早すぎる時間にベッドに入ったのでかろうじて睡眠時間は取れているけれど、さすがに月曜の朝にこんな展開はよくないだろう。

もちろんこんなにも愛してもらえることは幸せだけれど、今週も過密なスケジュールに追われる遼河さんにあまり無理はさせたくない。

それにこのままた愛されてしまったら、私だって今日一日どんな顔をしてオフィスで過ごせばいいのか分からない。

(だめだ。このままじゃ……)

何とか彼の手から逃れようとじたばたと暴れていると、フッと拘束が解かれて両手が自由になった。

ハッとして視線を上げると、ほんの近い距離から見下ろす遼河さんの視線にぶつかる。

得体が知れぬほどに仄暗《ほのぐら》く、激しい情熱を秘めた琥珀色の眼差しに射貫《いぬ》かれて、身体の自由が奪われてしまう。

「花菜」

少し掠れた、大好きなテノールが私の名を呼んだ。

その響きが少し切なげに耳に落ちて、それだけで胸が痛いほどキュンとする。

遼河さんの声。遼河さんの眼差し。遼河さんの手。

そのどれもが愛おしくて、もう彼なしでは私は生きていけないのだと本気で思う。

「花菜、ごめん」

「遼河さん、あの」

「でも、我慢できない」

切羽詰まった顔をした彼の唇が、つっと耳元へ落ちた。

そして絞り出すように「したい」と囁かれ、思わず息が止まる。

大好きな人にこんなにも求められていることが嬉しくて、堪らなくて。

手を伸ばし、彼の唇に触れて――自分から唇を重ねる。

……私だって、本当は同じ気持ちだから。

「遼河さん。好きです。……大好き」

私の言葉に、遼河さんがハッと目を瞠《みは》る。

「花菜……愛している。ずっと君だけだ」

彼の手が強く私を抱きしめ、堰を切ったように甘いキスが降ってくる。

そしてそれから私たちは、強く絡み合いながら激しい濁流に身を委ねた。

クライアントに直接向かうという遼河さんにオフィスまで送ってもらい、タイミングよく下りてきたエレベーターに駆け込んだ。

何とか就業前に兄のオフィスにたどり着くことができ、私はようやく一息つく。

(よかった。間に合った……)

PCの電源を入れてデスク回りを整えていると、すでに出社していた兄がコーヒーを片手にオフィスに入ってきた。

私の姿を見つけると、わざとらしく眉を上げる。

「おお、やっと来たか。おはよう。あんまり遅いから、今日は遅刻かと思ったぞ」

「おはようございます、高橋先生。遅くなってごめんなさい。出がけにちょっとバタバタしちゃって……」

そう答えながらも今朝のあれこれが脳裏を過り、自然に赤くなる頬を抑えられない。

気づかれないよう、何とか髪で顔を隠す。

兄は私の動揺に気づく様子もなく、能天気な笑顔を浮かべた。

「間に合ったんだから問題ないよ。早速だけどそこにある資料、ファイリングしといて。藤澤代表がさっき持ってきてくれたんだ」

「分かりました」

そう返事を返すと、優しい笑顔を残して兄は自分の部屋へと消えていく。

後姿を見送り、私は指示された資料を手にデスクに腰を下ろした。

父が亡くなってから、私の担当弁護士は兄になった。

ちょうど兄を担当していた秘書の女性が退職したこともあり、ならば私をと藤澤のおじ様が采配してくれたのだ。

でも、それはあくまでも仮の人事だ。

父の業務が滞りなく引き継がれれば、時期を見て兄は藤澤のおじ様の直属になる。

そうなれば兄はおじ様のチームに所属することになるから、秘書は誰か他の人が担当することになるだろう。

その後のことはまだ分からないけれど、この事務所で働き続けるかどうかも含めてゆっくり考えるつもりだ。

（お父さんが生きている時には気づかなかったけど、法律事務所の人間関係も結構大変だもんね……）

父に代わって権力を強めようとしていた中津川先生は、遼河さんのパートナー就任で敢えなく失脚した。

結果的に高橋の名が事務所名から消えることはなくなったけれど、今回の中津川先生のようにあからさまなやり方は実は本物の脅威ではない。

本当に怖いのは水面下で蠢《うごめ》く策略だ。

真の刺客ほど、狡猾な方法で相手を破滅させる。

彼らはいつも驚くほど巧妙に、誰にも気づかれることなく一番大切な土台の部分を腐らせていくのだ。

そして最後には、とっておきのカードを切ってターゲットにとどめを刺す。

父の下で働いた年月は短かったけれど、私も何度かそんな現場を垣間見たことがある。

秘書といっても、私は数人いた父の秘書の中の雑用係に過ぎなかった。

重要な案件に関わる機会はまるでなく、もちろん大きなプロジェクトの闇の部分など知る由もない。

けれどそういった案件の余韻は、関係者たちの顔つきや振る舞いに知らず知らずのうちに表れるものだ。

例えば、絶対に勝ち目がなかったはずの今回の示談は、きっと何か切り札を使ったんだろうな、といった感じに。

（やり手の先生ほど、不自然なくらい笑顔が爽やかだもん……）

弁護士という職業は、はた目に見るほど華やかなものではない。

亡くなった父や藤澤のおじ様、それに遼河さんにも、きっと私の知らない顔があるのだろう。

それでも、私は愛することを止めはしない。

そんな部分も、愛する人の一部だから。

一日掛かって兄に頼まれたファイルの整理をしてしまうと、定時にはオフィスを後にすることができた。

くもりひとつなく磨き上げられた自動扉をくぐり抜けて通りに出ると、空調の利いたビルの中とはまるで違う湿度を含んだ空気が身体にまとわりつく。

六月中旬になり、夕方でも明るい陽の光が本格的な夏の到来を予感させる。

今日は特に蒸し暑く、数歩歩いただけで身体から汗が噴き出した。

(蒸し暑い。……それに、何だか身体が重い)

オフィスから自宅マンションまでは歩いて十分ほど。

いつもは夕食の献立などを考えながら歩いていればいつの間にか到着する距離なのに、今日はその道のりが長く感じられる。

普段なら軽快に踏み出す一歩が、何故か今日は続かない。

(どうしたんだろう。夏風邪でも引いたのかな)

今朝はつい流されて遼河さんと愛し合ってしまったけれど、きっとそれが原因ではないだろう。

彼と愛し合う時間は、いつも激しさより優しさに満たされている。

どんな場面でも私に負担が掛からないよう配慮してくれる彼に、日々感謝せずにはいられない。

ようやくマンションにたどり着くと、私は部屋着に着替えてリビングのソファに倒れ込んだ。

不調はさっきよりも強くなり、身体がだるくて手足を動かすことすら億劫だ。

(いったいどうしたんだろう。風邪にしては喉も痛くないし……)

重い身体を引きずってリビングチェストの引き出しから体温計を取り出してみたが、

ピッという電子音が知らせた体温は、三十六度七分。平熱の範囲内だ。

(やっぱり、疲れただけなのかな……)

思い返せば、ここ三、四か月ほど激動の毎日だった。

父が亡くなり、遼河さんと結婚して……。それでも、今の生活はとても充実している。

遼河さんとふたりの生活が始まってまだ二か月ほどだけれど、その暮らしは愛に満ちていて、日々彼と結婚できてよかったと心から思っている。

藤澤の両親や母や兄、そして何より遼河さんの優しい配慮に、どれほど感謝してもしきれない。

心地よいスプリングのソファに寝そべりながら、私はそっと目を閉じる。

様々な出来事が起こった数か月を反芻し、そして最後はやっぱり遼河さんの顔が脳裏に浮かんで、じんわりと幸せな気分になった。

(早く元気にならなきゃ。遼河さんに余計な心配をかけちゃう……)

あと少し休んだら、食事の支度をしよう。そう思いながらもとろりと忍び込んだ睡魔に抗えず、私は深い眠りの海へ落ちていった。

ふわりと身体が浮いている感覚に、フッと意識が覚醒する。

目を開けると、私を抱きかかえた遼河さんにちょうど寝室のベッドの上に下ろされるところだった。

ぱちりと目が合い、傍らに腰掛けた遼河さんが心配そうに私を見下ろす。

「花菜、大丈夫？　気分はどう？」

「あ……私、寝ちゃって……」

ぼんやりとしていた頭が急にはっきりし、帰宅後ソファでうたた寝をしてしまったことに気づく。

「ごめんなさい。すぐに食事の準備を……」

慌てて起き上がろうとすると不意に吐き気と眩暈《めまい》に襲われ、ふらついたところを遼河さんに抱き留められる。

「顔が真っ青だ。それにこんなに冷や汗をかいて……」

遼河さんの力強い腕でそっとベッドに横たえられ、大きな手のひらを額に当てられる。

彼の手から伝わる温もりが、自分の身体の冷たさを実感させる。

「汗が酷いね。とにかく着替えるんだ。これ以上体温を奪われないように」

遼河さんはそう言うと私の服を脱がせて汗を拭き、新しいパジャマに着替えさせてくれた。

空調で適温にされた寝室で羽根布団や毛布を何枚かかけてもらうと、しばらくしてようやく身体に温かさが戻ってくる。

遼河さんはしばらく私につきっきりでいたけれど、体調が落ち着いたことを見届けると立ち上がり、キッチンから温かいスープを運んできてくれた。

「貰い物のインスタントだけど、飲めるんだったら少しだけでも飲んで」

「はい。ありがとうございます」

手を貸してもらって身体を起こすと、遼河さんが待ち構えたように口元にスプーンを運んでくれる。

まるで赤ちゃんに対するような過保護ぶりに、思わず笑みが零れた。

「自分で飲めますから、大丈夫です」

「いいから。ほら、口を開けて」

「いえ、自分で……」

笑いながら彼の手からスプーンを手に取ろうとするも、長い腕にひょいっとかわされてしまう。

「病人なんだから、大人しく言うことを聞くんだ」

「いいえ、あの……本当にもう大丈夫ですから」

「いいや、だめだ。花菜は自分じゃ分からないだろうが、真っ暗なリビングで冷や汗をかいてソファに倒れ込んでいる君を見た時には、心臓が止まるほど心配した。これからは、あんな風になる前に僕に連絡するんだよ」

遼河さんはちょっと険しい顔でそう告げると、私の口元にスープを運ぶ。

結局最後までスプーンが持てないままスープを飲ませてもらい、あれこれ世話を焼かれた後、腕枕で彼に包み込まれる。

まだ胃の辺りに不快感は残っていたけれど、彼の温かい腕に抱かれてほっこりと穏やかな気分になった。

遼河さんは私の髪を梳《す》くように何度も何度も撫でていたけれど、やがて身体にしっかりと腕を回し、ぎゅっと力を込める。

「花菜、まだ辛い？」

「もう大丈夫です。心配させてごめんなさい」

「謝らないで。夫婦なんだから、当たり前のことだ。……大体、花菜はちょっと気を遣いすぎだ。これからはもっと僕に頼ってくれ」

遼河さんはそう言うと、私のつむじの辺りに唇を押し付ける。

彼の吐息や体温が身体に直接伝わって、その心地よさに心が自然に解けていく。

しばらくの間、言葉もなく互いの存在を確かめ合っていたら、不意に遼河さんが口を開いた。

「花菜、君は何より大切な僕の宝物なんだ。君が笑えば僕も笑うし、君が苦しめば僕だって苦しい。だからあんまりひとりで無理をしないで。ちょっと大げさだけど、君は僕が生きる理由そのものだから」

優しい、優しい言葉。

遼河さんの突然の告白が、私の胸の真ん中を突く。

続いて、涙が溢れて止まらなくなった。

私の涙に気づき、腕を緩めた遼河さんが困ったように顔を覗き込む。

「花菜……泣かせたくて言ったんじゃない」

「だって……私、嬉しくて」

私の言葉に、遼河さんが小さく笑った。そして、触れるか触れないか分からないほどの、小さなキスをひとつ、唇にくれる。

「こんなことで泣いてたんじゃ、これからいくら涙があっても足りないぞ。僕はもっともっと花菜を愛するつもりだから。文字通り、一生をかけてね」

彼はそう言うと、また私の身体を強く抱きしめる。

彼の腕の温もりの中で、私はまたひとつ増えた幸せな思い出を噛みしめた。


翌朝はいつもより早く目が覚めた。

まぶたを開けると、私を抱きしめたまま眠っている遼河さんの顔がすぐ目の前に見える。

(遼河さん、眠っている顔もきれいだ)

こうして近くで見ると、つくづく整った顔立ちだった。

知的な額やスッと通った男らしい鼻筋、薄くきれいな唇は緩やかに結ばれ、まぶたを縁どる長い睫毛が高貴な気品を漂わせている。

普段は彼が先に起きることがほとんどだから、よくよく考えればこうして寝顔をじっくり見る機会はあまりなかった気がする。

(遼河さんのこんな顔を見られるのも、奥さんの特権だよね)

何だか得をしたような気分になりつつ、彼を起こしてしまわないようそっとベッドから抜け出した。

キッチンへ向かい、冷蔵庫から取り出したミネラルウォーターをグラスに注いでリビングのソファに腰掛ける。

冷たい液体を飲み込むと少しだけ胸がすっきりしたけれど、未だ身体の不調は続いたままだ。

（本当にどうしたんだろう。夏風邪にしては何だか変だし……）

私は胸に沸き起こるもやもやとした気分を、振り切るようにカーテンを開けた。

「わぁ……いい天気」

高層階の窓の向こうには、雲ひとつない青空が広がっている。

東の空に昇り始めた太陽も、きらきらと眩しい初夏の陽射しを惜しみなく世界の隅々まで行き渡らせている。

心まで澄んでしまいそうな景色に身を委ねていると、不意に頭の中に何かがフッと落ちてきた。

それはまるで、小さなお告げみたいに。

（あっ、もしかしたら……）

当たり前のようにひとつの可能性に気づき、私は急いでバスルームへと向かう。

そして化粧品や香りのいい入浴剤が入った引き出しの奥から、〝妊娠検査薬〟と印字された細長い箱を取り出した。

(あった。これだわ)

この検査薬は、結婚して実家を出る時母に持たされたものだ。

若い頃に流産を経験している母は、『気づかないうちに授かっていることもあるから』と戸惑う私にこの箱を持たせた。

結婚後もしばらく忙しく働いていた母は、妊娠に気づかず無理をして初めて授かった命を失ったそうだ。

その後悔は、どれほど長い年月を経ても決して消えることはない。だから花菜には同じ経験をして欲しくないと、結婚式の前日に悲しい思い出を話してくれた。

『生理が遅れて、経験したことのないだるさや気持ち悪さがあれば試してみて』と母は言っていたけれど、まさに今この症状は母の言うことと合致している。

(生理予定日の一週間後から、検査できるんだ)

箱の裏書を食い入るように見つめ、カレンダーの前に立った。

私の生理の周期は約四週間だから、今日で五日ほど遅れていることになる。

一週間にはまだ二日ほど足りないけれど、はやる気持ちを抑えきれなくてトイレへと向かう。

緊張したわりに検査はとても簡単で、決められた時間を待つまでもなく窓に〝陽性〟を示すラインが現れた。

胸の鼓動がドキドキと跳ね上がり、何も考えられないままリビングへ戻る。

するといつの間に起きたのか、ソファに座っている遼河さんが目に入った。

「おはよう。……花菜、どうしたの？　何かあった？」

私の様子がおかしいと思ったのか、遼河さんが慌てたようにこちらに歩み寄る。

心配そうに私を見つめる彼を見ていたら、言葉の代わりに涙が溢れて止まらなくなった。

「花菜、泣いてちゃ分からないだろ。何があったのか話して」

真剣な顔で詰め寄る彼を見ていたら、愛しさで今度は笑顔が零れた。

泣きながら笑う明らかに怪しい私の様子に、遼河さんは業を煮やしたように私の手を掴む。

「花菜……何持ってるの？」

彼が掴んだ手首の先には、さっき試した妊娠検査薬がしっかりと握られている。

遼河さんは検査薬と私の顔を交互に何度か見た後、信じられない、といった表情を浮かべた。

「花菜……これ……もしかして……」

「はい。あの……赤ちゃんができたみたいです」

「本当に……？　本当なの……？」

遼河さんの顔がみるみるうちに笑顔になる。そして次の瞬間には、腰に腕を回されて抱き上げられていた。

「あぁ、そうか。そういうことだったんだな」

抱っこされて、くるくると回されて。遼河さんの肩に掴まりながら、また笑顔と涙でごちゃ混ぜになる。

遼河さんは私を抱っこしたままソファまで移動すると、そっと腰を下ろした。

彼の膝に横向きに乗せられた格好になり、ふたりの身体が密着する。

「花菜、花菜」

「はい」

「本当に？　間違いない？」

「はい。ふふ、本当に本当です」

手に持っていた検査薬を彼に見せると、遼河さんの顔がくしゃくしゃに緩む。

まるで子供のように感情を爆発させる姿は、今まで見たことのない私の知らない遼河さんだ。

でも、それが堪らなく嬉しい。授かったことを、こんなにも喜んでくれることが。

「花菜、病気じゃなくてよかった」

「はい。心配させてごめんなさい」

「謝らなくていい。僕は嬉しいんだ。嬉しくて、もうどうにかなりそうなんだよ。……花菜、これからは注意しないといけないよ。重いものは持たないように。買い物は配達を頼んだ方がいい。そうだ、病院も決めないと……。ええと、赤ん坊はいつ生まれるのかな」

矢継ぎ早に言葉を重ねる遼河さんを、愛おしさと幸福な気持ちでいっぱいになりながら見つめた。

肩に手を置き、彼の唇にそっと唇を重ねる。

するとすぐに、遼河さんからキスのお返しが返ってきた。

ふたり笑いながら交互にキスを落とし合い、どちらからともなく抱き合う。

「花菜、ありがとう。大切にするよ。君も、生まれてくる子供も」

「はい。あの、私も……」

彼の目を見つめて、私は心からの言葉を口にする。

「私も、遼河さんのことを大切にします。……生まれてくる赤ちゃんと遼河さんを、一生守りますから」

「花菜……」

遼河さんの瞳が、濃く琥珀色に潤む。

そしてまた、優しいキスが私の唇を濡らすのだった。

甘い甘い、旦那様の溺愛

爽やかな四月の陽光が差し込むキッチンは、香ばしいパンと温かなスープの匂いで満たされている。

マホガニーのダイニング・テーブルに温野菜のサラダやベーコンエッグ、フルーツなどを並べて朝食の準備を整えると、私は白い壁に掛けられたシンプルな時計に目を走らせた。

（もうそろそろ、遼河さんと莉々花《りりか》を起こさなきゃ）

結婚記念日の今日、遼河さんは忙しい仕事をやりくりして休暇を取ってくれた。金曜日ということもあって、今日からの週末を近郊の避暑地で過ごす予定だ。

硝子戸の向こうからは、温かな春の陽射しが降り注いでいる。

急に決まった結婚だったが、毎年訪れる結婚記念日が桜の咲く季節であることを幸運だと思う。

たおやかに散る花弁を見れば、いつも昨日のことのようにあの日の幸せな気持ちを思い出せるから。

（いいお天気。天気予報では週末はずっと晴れが続きそうだし、本当によかった）

慌ただしく式を挙げ、その後すぐに私が妊娠。

その上、遼河さんは父の代わりに就いたF&T法律事務所のパートナーとして日々多忙を極め、結婚してから今日までゆっくり旅行を楽しむ暇などまるでなかった。

もちろん新婚旅行にも行っていないから、遼河さんと旅行に出かけるのは初めてのことだ。

今日宿泊するのは、避暑地にある老舗のリゾートホテル。

クラシカルな外観や内装がとても素敵で、周囲は美しい森に囲まれ、今の時季には花々が咲き乱れているという。

それに、莉々花にとっては生まれて初めての遠出だ。

空気のきれいな場所で美しい景色に囲まれたら、好奇心旺盛な彼女はきっと大はしゃぎするだろう。

（楽しい週末になりそう。計画してくれた遼河さんに感謝しなくちゃ）

そう思いながらエプロンを外していると、リビングに莉々花を抱っこした遼河さんが入ってきた。

キャッキャと響く楽しそうな笑い声を幸せな気分で聞きながら、私はふたりの側へ歩み寄る。

「おはよう、花菜。とってもいい匂いだね」

「おはようございます。遼河さん。莉々花、起きてたんですね」

「うん。目が覚めたら僕の上に乗っかって遊んでた。あ、おむつはもう替えたよ」

言いながら、遼河さんは腕の中にいる愛娘に愛おしげな視線を向ける。

切れ長のはっきりした二重とくるくるした色素の薄いくせっ毛はパパ譲り。くるんとカールした睫毛とふっくらした輪郭が私に似ているとよく言われる。

でも全体的に見れば、莉々花は紛れもなく遼河さん似だ。家族で出かければ、『パパにそっくりだね』と言われることが多い。

幸せな気持ちに満たされながら、私はしみじみと仲睦まじい夫と娘の姿を見つめる。

遼河さんと結婚してから、瞬く間に二年が過ぎた。

家族だけの結婚式から始まった私と遼河さんの結婚生活は、政略結婚だなんて忘れてしまうほど穏やかで優しく、愛に満ちた日々だった。

彼の愛情に包まれて結婚後すぐに赤ちゃんを授かった私は、翌年の初め女の子を産んだ。それが今彼の手の中にいる娘の莉々花だ。

「ぱーぱ。ぱぱ。……ちゅっ」

「莉々花、パパにチューしてくれるの？　嬉しいな。じゃあパパもチューだ」

親子ふたりのラブラブな姿に幸せな気分になり、この瞬間を残しておきたくてスマートフォンのシャッターを切る。

カシャ、というシャッター音に、ふたり揃って顔がこちらに向けられた。

ふたつ並んだそっくりな笑顔に、思わず笑みが零れる。

莉々花は今月で一歳二か月になった。

最近はおしゃべりも増え、あんよもずいぶんしっかりして、もうどこへだってひとりで行ける。

少し前までは頼りない赤ちゃんだったのにみるみる成長していく莉々花を、わが子ながら頼もしく思う。

（よく言われることだけど、子供の成長って本当に速いんだな）

スマートフォンの画像を微笑みながら見ていたら、遼河さんが莉々花を抱いたまま私に顔を寄せた。

「花菜、僕にも画像見せて」

「はい。……ふふ、こうして見ると、遼河さんと莉々花って本当に似てますね」

「そうかな。僕は花菜にも似てると思うけど。ほら、笑った時の目尻の下がり方とか、この可愛い唇とか」

遼河さんはそう言うと、ちゅ、と音をさせて私の唇に自分のそれを押し付けた。

不意打ちのキスに、心臓がドキリと跳ね上がる。

合わせて、昨夜久しぶりに彼に与えられた濃密な夜を思い出し、カッと頬が熱くなった。

「ふふ、真っ赤だ。花菜も莉々花と同じくらい可愛いね」

「り、遼河さんたら……」

「いいだろ。パパとママが仲良くしている方が、莉々花だって嬉しいに決まってる」

遼河さんが澄ました顔で言うと、莉々花が彼によく似た眼差しを煌めかせ、身を乗り出して私の頬に唇を押し付ける。

「莉々花もママにちゅーしたいよな。……パパももう一回しようっと」

「まま、ちゅー」

「きゃ……」

遼河さんと莉々花に両方から顔を寄せられ、ついでに遼河さんの長い腕で莉々花ごと抱きしめられ、まるでおしくらまんじゅうをするように笑いながら三人でくっついた。

三人の笑い声に包まれた、本当に平和で幸せな休日の朝だ。

「じゃ、朝ごはんにしようか。どれどれ……花菜のごはんは、今日も美味しそうだな」

「まんま、まんま」

「お腹が空いた？　莉々花、それじゃ、椅子に座ろうか」

遼河さんが莉々花をベビーチェアに座らせてくれる間に、手早くスープとコーヒーの準備をする。

みんな揃って食卓を囲み、手を合わせて食事を始めた。

「莉々花、そんなに慌てないで。ちょっとお茶も飲んで」

「まんま、ちー」

「そうだな。ママの作るごはんは美味しいな。莉々花、たくさん食べて大きくなれ」

遼河さんは莉々花の隣に座って、甲斐甲斐《かいがい》しく食事のお世話をしている。

いつもは私が食べさせるけれど、休日の莉々花のごはんは遼河さんの担当。

遼河さんは『普段あまり一緒にいられないから、一緒にいる時はできるだけ莉々花と触れ合っていたい』と、莉々花が生まれた時からこうして育児に積極的に参加してくれる。

彼の愛情が分かるのか、莉々花もパパにべったりだ。

ふたりきりの時も優しかったけれど、莉々花が生まれてからの遼河さんは前にもまして優しい気遣いをしてくれるようになった。

それに、莉々花にはもちろん、私にもかなり甘い旦那様だ。

遼河さんは忙しい毎日の中で、まるで真綿で包むような愛情を私たちに注いでくれる。

思いやりや気遣いはもちろん、外出先で目についた可愛い洋服や絵本など莉々花の物もどんどん買ってきてしまうから、部屋は莉々花のものでもういっぱいだ。

物を大切にして欲しいからあんまりたくさん買うのもよくないと思うけれど、莉々花に向けられる彼の蕩けるような眼差しを見ると咎めることもできない。

遼河さんは私にも、時々心ときめく愛くるしいアクセサリーや花などを贈ってくれる。

いったいどうしてこんなに分かるのかと思うほどそのどれもが好みに合っていて、いつも胸がいっぱいになってしまう。

私と莉々花を大切にしてくれる遼河さんに、同じくらいの愛情を返したい。

忙しい彼を少しでも助けられる、立派な奥さんになりたい。

そんな想いで、至らないけれど精一杯努力する日々だ。

「莉々花、もういいの？　ごちそう様？」

「まんま、ちゃ」

「えらいぞ。ちゃんとごちそう様が言えたな」

ひとしきり食事を楽しんだ莉々花は、お腹がいっぱいになったのか紅葉のような可愛らしい手で遼河さんの頬に触れては、きゃっきゃと機嫌よく笑っている。

先に食事を終えた私は冷めてしまった遼河さんのスープとコーヒーを差し替え、彼の手から莉々花を受け取った。

遼河さんはスープをひとくち口に運ぶと、今度は私に向かって蕩けるような笑顔を向ける。

「花菜、すごく美味しい。これは何のスープ？」

「ええと……それはカポナータをアレンジしたもので……」

「優しい味がする。それに、野菜がたくさん入ってて、いいね」

莉々花が本格的に離乳食を食べるようになってから、献立にスープを加えることが多くなった。

今日のスープはイタリアンのカポナータをアレンジしたものだ。

ナスやトマトの他にオクラや玉ねぎ、それに鶏肉や木綿豆腐なども入れ、一皿で色々な栄養が取れるように工夫している。

ニンニクやオリーブ油などは使わないからイタリアンとは言いがたいけれど、トマトの酸味と野菜の甘みが合わさった優しい味わいだ。

遼河さんは帰宅が深夜になることもあり、結婚当初はあまり朝食が進まなかったけれど、こうして〝おかずスープ〟を作るようになってからは、きちんと朝食を摂《と》ってくれるようになった。

莉々花も喜んで食べてくれるし、まさに一石二鳥だ。

遼河さんが美味しいと褒めてくれたことが嬉しくて、ニコニコしながら彼を見ていたら、スプーンを口に運びながら遼河さんがちらりとこちらに視線を向けた。

流れ星のようにすっと尾を引いた色っぽい視線に、条件反射のようにどきりとする。

「花菜、それで……体調はどう?」

「えっ……体調ですか?」

「うん。昨夜、ちょっと無理をさせたかなって思って」

さらりと言われた言葉に、思わず顔が赤くなる。

無意識に落ち着きなく身体が動き、腕の中にいた莉々花が不思議そうに私の顔を見上げた。

「えっと、あ、あの……大丈夫です……」

「本当に？」

「はい。あの……私も、嬉しかった、ですし……」

恥ずかしくて、最後は消え入りそうな声で答えると、遼河さんの顔に輝くような笑みが浮かぶ。

そして嬉しそうな顔で私たちを見つめながら、また食事の続きを始めるのだった。

食事を終えて朝食の後片付けをしていると、遼河さんが莉々花を抱いてキッチンへやってきた。

莉々花は肌触りのいい白いコットンのワンピースに着替えさせてもらい、髪も可愛らしく整えてもらっている。

一方、遼河さんは爽やかな白いコットンシャツに紺色の綿パンツという組み合わせ。

仕事がある日は額を上げて清潔感を漂わせているけれど、今日は洗いざらしの髪を自然に下ろした、ナチュラルな雰囲気だ。

色素の薄いウェーブヘアは華やかな美貌を柔らかく彩り、遼河さんを実際の年齢よりずっと若く見せている。

常からスーパーに買い物に行くと年配の方々に必ず笑顔で声をかけてもらえる莉々花は、こうしてみると本当に遼河さんによく似ている。

私のお腹から生まれてきたのにこんなにも遼河さんに似ているなんて、何だか不思議な気分だ。

「花菜も支度をしておいで。あとは僕がやっておくよ」

「ありがとうございます。でもここを片付けたら、もう終わりですから」

最後の仕上げにシンクを磨いていたら、莉々花を抱いた遼河さんが背後にぴったりと寄り添った。

まるで囲い込まれるように身体全体で後ろを塞がれ、どこか落ち着かない気分になる。

「花菜……本当に大丈夫？　昨夜はあんまり寝かせてやれなかったから、眠いんじゃないか。車の中では寝てていいからね」

「私は大丈夫です。でも、遼河さんだって疲れてるでしょう？　たまのお休みなのに運転までさせてごめんなさい」

今日は遼河さんの運転でホテルへ向かう予定だ。

三時間ほどかかるドライブだけれど、免許を持っていない私は運転を代わることができない。

自分勝手に浮かれて忙しい遼河さんに負担を掛けていないだろうかと、少し心配になる。

「僕は大丈夫だ。何だか、漲《みなぎ》ってるから」

「えっ」

「初めての家族旅行だし、莉々花に色んな景色を見せたい。それに、君とホテルに泊まるのは結婚以来だから、それも楽しみだな」

遼河さんは麗しい笑顔を浮かべながら、私の顔を覗き込む。

わずかに細められた琥珀色の眼差しが私を捕らえ、そのえもいわれぬ色香に心臓がドキリと跳ね上がった。

「わ、私、支度をしてきますね！」

ドキドキしすぎて、胸が苦しい。

わが夫ながら、この煌めきには未だに慣れることができない。

私は彼の腕の包囲網から何とか抜け出し、寝室の奥にあるクローゼットルームへと急ぐ。

寝室へ入ると、部屋の真ん中にある大きなベッドが目に入った。

慌てて寝乱れた寝具を整えていると、まだ新しい濃密な記憶が蘇り、頬に熱が宿る。

（どうしよう。まだドキドキしてる……）

普段は三人折り重なるように眠っているこのベッドで、昨夜私は遼河さんと久しぶりに身体を重ねた。

莉々花が生まれてから遼河さんと身体を交えることはなかったから、一年以上を経ての夫婦の営みだ。

結婚初夜、初めて遼河さんと結ばれた私は、それから妊娠が分かるまで彼に夜ごと愛を注がれる日々を過ごしていた。

その甲斐あってほんの数か月で莉々花を授かり、その後出産するまでの間、ドクターの指示を守って彼の優しい愛に守られたとても幸せな妊娠生活を送ることができた。

けれど莉々花を産んだ後は、妊娠期間のようにのんびりとはいかなかった。

幸い安産で莉々花も元気に生まれてくれたけれど、最初は思うように母乳が出ず、育児のスタートは不安に包まれたものになってしまったからだ。

三時間ごとの授乳や、なかなか増えない莉々花の体重。

新米ママの前に立ちはだかる様々な問題に、私はいつの間にかすっかり自信を失ってしまった。

私は大切な宝物のような莉々花を、何とか丈夫に育てようと必死だった。

誰よりも大切な遼河さんが私に与えてくれた、何にも代えがたい宝物を守りたい一心だったのだ。

遼河さんはそんな私を励まし、辛抱強く寄り添ってくれた。変わらぬ愛情を注いで、一途に支えてくれた。

それから一年と数か月、双方の家族の手助けや私もちょっとは図太くなったりしたお蔭で、莉々花はすくすくと健やかに成長している。

離乳食も上手く進み、一歳を迎える頃には問題なく卒乳も終えて、今ではたくさん遊んでたくさん食べ、たっぷり眠る元気な一歳児になってくれた。

今日まで大きな病気もせずに過ごせたことが嬉しく、遼河さんはもちろん、私たちを見守ってくれた家族にも感謝の気持ちでいっぱいだ。

(本当に、あっという間の一年だったな……)

育児は大変なことも多いけれど、それ以上に様々な喜びを与えてくれる。

莉々花の柔らかな肌や輝くような笑顔に触れれば、どんな苦労も一瞬で吹き飛んでしまう。

それに莉々花は、大切な遼河さんとの愛の証でもある。

そんな神様からのギフトを受け取れたことが嬉しくてならない。

幸せな毎日は、本当に光の矢のように過ぎ去っていく。

けれど……莉々花の育児優先で、おろそかになってしまったこともあった。

それは遼河さんとのこと。遼河さんと、肌を重ねることだ。

遼河さんとの夜は莉々花が生まれたことで、ふたりだけの時とはまるで違うものに変わってしまった。

でも今なら、そうなった理由が私の心の中にあったことが分かる。

様々な困難から、自信を失ってしまった私の弱さなのだと。

――莉々花を産んだことで私の身体は変わってしまった。

――本当に前と同じように、遼河さんに愛してもらえるの？

そんな不安に戸惑い、彼と肌を重ねるのが怖くなった。

もしも嫌われたら……と、ありもしない妄想に囚われてしまったのだ。

もちろん、彼に求められて拒んだことはない。けれど出産後、キスや軽い触れ合いはあるものの、それ以上の深い交わりを持つことは、なくなってしまった。

今思えば、きっと私の心は莉々花のことでいっぱいだったのだろう。

私は清らかで尊い、柔らかな命を守り育てることに必死だった。

遼河さんはそんな私をただ抱きしめ、励まして一緒にいてくれた。

勘のいい遼河さんには、恐らく私の戸惑いが分かっていたのだろう。

でも愚かな私は、彼の優しさに自分勝手な勘違いをしてしまった。

きっと遼河さんも、私と同じように今はそんな気分になれないのだと。

（昨夜の遼河さん、優しかったけど、すごく激しかった……）

心と身体に刻まれた記憶をたどり、頬が勝手に赤くなる。

昨夜の遼河さんは、まるで美しい獣のように情熱的だった。

息もつけないほどのキス。

情熱と焦燥に駆られた、狡猾な指先。

痛いほどの熱情を刻み付けられ、待っていてくれた彼の思いやりに甘えていた自分を、いやと言うほど知らされてしまった。

こんなにも求められていたのに、彼の気持ちに気づけなかった自分が恥ずかしい。

（これからは、もっと遼河さんの気持ちに寄り添いたい。遼河さんの望むことなら、何だって叶えたい。それに……）

ふっと溜め息をつきながら、クローゼットルームの鏡に映る自分の顔を見つめる。
昨夜の記憶で潤んだ瞳が、私の本当の気持ちを映し出している。
(私だって、遼河さんを求めてた。すごく久しぶりだったのに……)
ちゃんと彼を受け入れられるかどうか不安だったけれど、その心配は杞憂に終わった。
私の身体は素直に反応し、抗うことなくすべてを受け入れた。
ふたり夢中になって愛し合い、契りを結び合う長い夜を過ごしたのだ。
夫婦だけが知る蜜事に想いを馳せ、唇から熱い溜め息が漏れる。
何度目かの波を終え、私の上に崩れ落ちた彼の囁きが今も耳を離れない。
『花菜、莉々花の兄弟がもっと欲しいな。ね、いい?』
昨夜、ためらうことなく頷く私に、また彼の熱い唇が落ちたのだった。

旦那様は魔法使い

身支度を整えて戻ったリビングには、遼河さんと莉々花の楽しげな笑い声が溢れていた。

思わず笑みが零れ、ふたりが座っているソファへと近づく。

莉々花は遼河さんの足をよじ登って遊んでいた。

遼河さんが莉々花を足に乗せて滑り台のように斜めに角度をつけると、莉々花はきゃっきゃと笑いながらずるずると床に滑り落ち、またその足を莉々花が登るという終わりの来ない繰り返しだ。

(楽しそうだなぁ)

にこにこしながら眺める私に気づき、莉々花が笑いながら両手を差し出した。

一歩遅れて振り向いた遼河さんも楽しそうな笑顔。相変わらずよく似た親子だ。

「まーま」

「莉々花、パパにたくさん遊んでもらってよかったね」

両手で莉々花を抱き上げながら言うと、意味が分かるのか莉々花が得意そうな顔で遼河さんを見下ろす。

「花菜も僕に遊んで欲しいなら、いつでも遊ぶけど?」

「そんなことをしたら、莉々花がヤキモチを焼いちゃいます」

「それじゃ、今日、莉々が寝たらね」

輝く笑顔でさらりと言われ、軽い冗談だと分かっているのに、ドギマギとしてしまう。

動揺する私に気づくことなく、遼河さんはソファから立ち上がって歩み寄ると、首を傾《かし》げて私の全身をしげしげと見つめた。

「ワンピース、よく似合ってる。可愛いよ」

「あ、ありがとうございます」

突然の褒め言葉に、また心臓がどきりと跳ねる。

(よかった。遼河さん、気に入ってくれたみたい)

今日私が身に着けているのは、濃紺のストライプ柄のワンピースだ。すとんとした身ごろはローウエストでプリーツスカートに切り替えられていて、歩くたびにひらりと揺れる。

袖の部分は七分丈になっていて、袖口をリボンで結ぶデザイン。

レストランやホテルでも気後れしないエレガントなデザインながら、素材はコットンだから、洗濯機でも気兼ねなく洗える。

何より、莉々花を抱っこした時に彼女の肌を傷《いた》める心配がないから、今の私にとっては、とても重宝する一着だ。

いつもは無造作にひとつに束ねた髪も、今日は緩く三つ編みにしてリボンで結び、片側に流している。

遼河さんは私の髪や袖のリボンに触れ、もう一度「可愛いね」と蕩けるような笑顔で言うと、ちゅ、と頬にキスを落とした。

嬉しいけれど、何だか恥ずかしい。

思わず真っ赤になってしまった私に、遼河さんの優しい笑顔が向けられる。

「それじゃ、そろそろ出ようか。ランチには景色のいいレストランを予約してあるんだ」

「わぁ、楽しみです！」

「あいー」

華やいだ私の気分が伝わるのか、莉々花も楽しそうだ。

(何だか、楽しい小旅行になりそう……)

みんな揃って笑顔で顔を見合わせていると、不意に遼河さんのスマートフォンが着信を知らせる振動を始めた。

素早く液晶画面を確認した遼河さんはわずかに眉根を寄せ、「ごめん」と短く告げてリビングを出ていく。

(誰から……？　遼河さんがあんな顔するなんて、あまり見たことがないな)

いぶかしく思いながら莉々花とふたりソファに座って待っていると、五分ほど経って遼河さんが戻ってきた。

けれどその表情には、どこか険しい気配が漂っている。

「お電話、誰からだったんですか」

「ああ。中津川先生からだった」

「えっ……中津川先生から？」

遼河さんと中津川先生とは、父が亡くなった時に起こったあの一件以来、距離を置いた関係のはずだ。

「中津川先生、どんなご用だったんでしょう」

「どうしても会って欲しい人がいるから、今から出てきてくれと言われてね。休暇中だからと断ったんだが、僕が担当している大手クライアントの名前を出されて押し切られてしまった。悪いんだけど、出かける前に少しだけ指定のホテルに寄ってもいいかな」

「はい。もちろん」

事務所にとって何より大切なクライアントの要望なら、無下に断ることもできない。

笑顔で頷くと、遼河さんの顔にようやく笑顔が浮かぶ。

「せっかくの結婚記念日なのに……。本当にごめん」

「お仕事なんだから、当たり前のことです。私の方こそごめんなさい。無理にお休みを取らせてしまったんじゃないですか」

「それは違う。僕が花菜と莉々花と一緒に過ごしたかったから計画したんだ。用事が済んだら、すぐに予約したレストランに向かおう」

遼河さんはそう鮮やかに笑って、私と莉々花の頬にまたキスを落とした。


指定されたホテルの地下駐車場に車を駐めると、私は莉々花とグランドフロアへ向かった。

遼河さんは高層階にあるレストランで待ち合わせだから、エレベーターの中でいったんお別れだ。

「それじゃ、私たちは一階のカフェで待っていますね」

「ああ。そんなに時間はかからないから、ゆっくりお茶でもしてて」

「はい。お仕事頑張ってください」

遼河さんを乗せたエレベーターを見送ると、私は莉々花を抱いてカフェへ向かう。

窓際のソファ席へ案内してもらい、氷を抜いたフレッシュ・オレンジジュースを注文すると、莉々花を膝の上に乗せた。

「ぱぱ。りりっ……ぶー」

自分も遼河さんと一緒に行きたかったのか、莉々花が憮然とした表情で私に何かを訴えている。

パパっ子の莉々花に苦笑しながら、運ばれてきたオレンジジュースを少しずつ飲ませたり、お気に入りの小さな絵本を耳元で読んで聞かせたりして遼河さんを待った。

三十分ほど経った頃だろうか。

「ぱーぱ、ぱぱ」

私の肩越しに通路を眺めていた莉々花の声に振り向くと、遼河さんがロビーを横切ってこちらに向かってくるのが見えた。

手を振ると、彼も応えてくれる。

あっという間に私たちの側にたどり着いた遼河さんが、両手を差し伸べていた莉々花を抱き上げた。

「お待たせ。莉々花は大丈夫だった?」

「はい。とってもいい子でした。遼河さん、お仕事は?」

「もう済んだ。さぁ、行こう」

遼河さんはそう言って伝票を取ると、片手で莉々花を抱いたままレジへ向かう。

私も荷物を手に、後を追った。

「遅くなっちゃったな。花菜、お腹、空いてない?」

「大丈夫です。莉々花もさっきジュースを飲んだし、車に揺られたらすぐにお昼寝すると思いますし」

「そうか。じゃ、このまま予約したレストランへ向かおう」

笑顔で言葉を交わしながらエレベーターホールへ向かっていると、ちょうど上の階からきたエレベーターの扉から、見覚えのあるスーツ姿の男性が降りてくるのが目に入った。

中津川先生だ。

「おや、藤澤先生。ご家族とご一緒だったんですね。言ってくだされば、私もごあいさつをしましたのに」

顔は笑っていても、決して目は笑っていない。

相変わらずどこか得体の知れない中津川先生に一瞬怯んだものの、何とか口角を上げて笑顔を作る。

「ご無沙汰しております。こちらの方こそ、ごあいさつが遅れて申し訳ありません。お仕事だとお伺いしていたので、子供と一緒に待っていました」

「高橋さん。……いや、今は藤澤さんですね。あなたが退職する時には、ごあいさつができなくて失礼しました。いや、突然いなくなってしまったから、とても心配しましたよ」

結婚してしばらく秘書の仕事を続けていたものの、妊娠後つわりが酷くなった私はまったく食事を受け付けなくなって入院し、不本意ながらそのまま退職することになってしまった。

もちろん、仕事の後片付けをするため一週間ほどはオフィスに通ったけれど、オフィス中にあいさつして回ることなど、できるような状態ではなかった。

「その節はきちんとごあいさつができず、本当に申し訳ありませんでした」

「いやいや、お構いなく。藤澤先生の奥様ならば、私などにあいさつの必要はありませんよ。それより、こちらが藤澤代表が目の中に入れても痛くないというお孫さんですか。これはこれは……お父さんによく似たものすごい美人だ。お嬢さん、こんにちは」

中津川先生は、今度は莉々花にじっとりとした視線を向けた。

ぶしつけで攻撃的な彼の視線に、莉々花の顔が不安に包まれる。

小さな手がギュッと遼河さんの上着を掴んであわや泣き出しそうになった時、背後から女性の声が聞こえた。

「おやめなさい、中津川さん。あなたの顔がいかめしいから、赤ちゃんが怖がっているわ」

揶揄するような笑みを含んでいるのに、底知れぬ深みを感じさせる低い声。

ハッとして振り返ると、いつの間に近づいていたのか、すぐ側にすらりとした女性が立っているのに気づく。

ぴったりと身体に沿った、着る人を選ぶタイトなノースリーブのワンピース。

ひと目見ただけでハイブランドだと分かる深いボルドーのワンピースは、襟ぐりが深く開き、太腿の辺りまでスリットが切れ込んだ大胆なデザインだ。

手入れの行き届いた艶のある黒髪は優雅に巻かれ、小さく整った顔は恐らくプロの手によって施された完璧なメイクで美しく彩られている。

彼女はちらりと私に視線を向けた後、細いヒールをゆっくりと響かせて遼河さんの正面に立った。

その堂々とした振る舞いには、只者ではないと思わせる何かが漲っている。

（いったい誰なんだろう。遼河さんの知り合い？）

彼女は私など眼中にない様子で遼河さんをじっと見つめた後、今度はゆっくりと莉々花に視線を移した。

突然現れた見知らぬ人物を、莉々花は瞬きもせず見つめている。

彼女は薄く笑いながら、興味深そうに莉々花の顔を覗き込んだ。

「可愛い。遼河さんにそっくりね。お名前は何て言うの？」

「沢渡《さわたり》さん。申し訳ないですが、今はプライベートなんです。お話なら週明けにオフィスでお伺いします」

どこか冷たさを感じさせる遼河さんの声に、彼女は面白いものでも見るような笑顔を浮かべる。

「あら、ずいぶんね。でもあなたに弱点があるなんて新たな発見だわ。さっきのつれないあなたに少しブルーな気分になったけど、こんな収穫があるなら今日来たのも無駄じゃない」

「わざわざ帰国のごあいさつをありがとうございました。家族で予定がありますので、これで失礼します」

遼河さんはそう告げると軽く会釈し、私の手を引いて踵《きびす》を返す。

けれど彼女はその歩みを強引に遮り、私たちの進路を塞いだ。

「待って。私、まだ奥様を紹介していただいていないわ。……初めまして。沢渡華子《はなこ》です。遼河さんとは、古くからの知り合いなの」

沢渡さんは私を庇《かば》うように立ちはだかる遼河さんの肩越しにそう言うと、真っ赤な唇をきゅっと引き上げる。

丁寧な口調なのに、言葉では表現できないような威圧感。

理由の分からない警戒心が沸き起こり、無意識に繋がれた遼河さんの手をギュッと握る。

(何でだろう。あいさつされただけなのに、この人、すごく怖い……)

彼女が名乗った沢渡という名には、私にも覚えがある。

藤澤のおじ様が担当するクライアントに、沢渡ホールディングスという旧財閥系の大企業があったはずだ。

沢渡ホールディングスが展開する業種は鉄鋼業や不動産業、重機など多岐に渡るが、それら関連企業のすべての法務をF&T法律事務所が一手に請け負っている。

文字通りの大手クライアントだが、沢渡の名を名乗るなら、彼女もその関係者である可能性が高い。

決して無下にできる相手ではないことを悟り、精一杯の笑顔を浮かべて丁寧に頭を下げた。

「ごあいさつが遅れました。初めまして。藤澤花菜と申します。主人がいつもお世話になっております」

「こちらこそ、遼河さんには本当にお世話になっているの。……特に、十年ほど前にはすごくお世話になったわ」

「そうなんですね」

十年ほど前ということは、遼河さんがニューヨークのロースクールに留学していた頃の知り合いだろうか。

私が遼河さんと初めて会ったのは彼が留学する直前のことだから、ちょうどそのすぐ後ということになる。

「初めて会ったのは二十一の時よ。私、まだ大学生だったの」

「沢渡さんはニューヨークにいらしたんですか」

「ええ。当時は音楽をやっていて、ジュリアードに留学してたの。その後は結婚してイタリアに。日本に帰ってきたのはつい先日のことよ。離婚したの。いわゆる出戻りというやつね」

沢渡さんは艶やかに笑ってみせると、流し目でちらりと遼河さんの顔を見た。

眉ひとつ動かさない遼河さんを笑顔で確認しながら、また話を続ける。

「別件で中津川さんにお会いして、遼河さんの近況を聞いて驚いたの。だって……彼が結婚するだなんて、本当に思ってもみなかったから」

大げさに眉を顰《ひそ》める沢渡さんの思わせぶりな口調に、何故だかどきりと胸が鳴った。

明らかに何かを知っているような、何かを匂わせるような意図的な口調だ。

(この人はいったい何を言いたいんだろう)

「あの……」

口を開きかけた私の手を、遼河さんがギュッと握った。

ハッと我に返ると、彼の強い視線と、心配そうな顔をした莉々花が目に入る。

「花菜、もうそろそろ行かないと予約の時間に間に合わないよ」

遼河さんはそう言って会話を切り上げると、私の腰に手を回して抱き寄せ、輝くような笑顔で沢渡さんに視線を向けた。

人前でこんなに密着するなんて。

恥ずかしくなって慌てて身体を引いたけれど、遼河さんの逞しい腕はびくともしない。

「それじゃ、僕たちはこれで失礼します」

丁寧に会釈をする遼河さんにならい、私も慌てて頭を下げる。

そして、私たちはホテルを後にした。


二時間ほど車を走らせて、私たちは美しい湖のほとりにある一軒家のフレンチ・レストランに到着した。

北欧のログハウスをイメージした建物は、まるでお伽噺に出てくるような可愛い造り。

遼河さんと莉々花と一緒に、何度も記念撮影をする。

料理はあらかじめ遼河さんが注文しておいてくれたようで、莉々花には見た目もカラフルな離乳食のメニューが用意されていた。

「すごく素敵なレストランですね」

「気に入った？」

「はい。とっても！」

嬉しさのあまり勢いよく答えると、つられて莉々花も「あーいー」と元気な声を上げる。

いつもなら莉々花の大きな声を気にしてしまうところだけれど、今日はホールには私たちしかいないから、そんな心配は無用だ。

こんな素敵なレストランでのびのびと楽しそうな莉々花を見ていると、何だか幸せな気分になってくる。

「ここ、中高時代の友人の両親がセミリタイアしてオープンした店なんだ。この間、そいつに久しぶりに会って話を聞いてね。君が好きそうな店に思えて予約してみたんだけど、結婚記念日だって伝えたら、貸切にしてくれたんだ」

「そうだったんですね。ありがとうございます。私、昔からこんなお店に来るのが夢だったんです」

まだ中学生だった頃、美しい湖のほとりにある小さなレストランで結婚記念日を祝う素敵なシーンを古い映画で観たことがあり、いつか自分もそうできたらと密かに憧れていた。

今思えばとても子供っぽい考えだけれど、実際に大切な家族と訪れることができるなんて、まるで夢のようだ。

「喜んでもらえたならよかった。さぁ、食事を始めよう」

「はい！」

「まんま、まんま」

もう待ちきれない、と言わんばかりの莉々花も、用意してもらった子供用の椅子に座ってご機嫌だ。

やがて笑顔の素敵なシェフの奥様の手で、一皿ずつ料理が運ばれてきた。

料理は現地で採れた食材を使った創作フレンチ。

お皿に盛られた料理はどれもゲストに対する優しい思いやりで満ちていて、都会でいただくものよりずっと美味しく、優しく感じられる。

ここへ来るまでの道中ぐっすり眠っていた莉々花はお腹が空いていたのか、用意されたプレートをあっという間に平らげてしまった。

いつにもまして旺盛な食欲に、こんなおちびさんにとっても、食事の環境は大切なのだと改めて気づかされる。

存分に料理を楽しみ、最後のデザートを平らげてしまうと、厨房からシェフと奥様があいさつに出てきてくれた。

白いクロスをテーブルに置きながら、遼河さんが立ち上がる。

「遼河くん、今日は来てくれてありがとう」

そう言って笑顔を浮かべる初老の紳士は、料理同様とても優しい雰囲気を纏っている。

「いえ。こちらこそ、僕のわがままを聞いてくださってありがとうございます。ごあいさつが遅れました。僕の妻の花菜と娘の莉々花です」

遼河さんに紹介され、私も莉々花を抱っこしながら立ち上がってあいさつを交わす。

「遼河くん、本当に可愛らしい奥様とお嬢さんね。うちの子はまだ独身だから、本当に羨ましいわ」

奥様はそう言うと遼河さんに何かが入った紙袋を渡し、にこにこしながら莉々花に手を差し伸べる。

「莉々花ちゃん、こっちにおいで」

機嫌のいい莉々花はすんなりと手を伸ばし、奥様の優しい腕の中に難なく収まった。

美味しい料理でいっぱいになった莉々花のお腹はぱんぱんに張っていて、その満ち足りた表情に、シェフと奥様の眼差しが優しく緩む。

「莉々花ちゃんはいい子でちゅね～。……遼河くん、少しの間莉々花ちゃんを抱っこしていてもいいかしら。その間、花菜さんとお散歩でもしていらっしゃいよ。今はこの辺りも花でいっぱいで、とてもきれいなの」

ふたりの優しい笑顔に送り出され、私と遼河さんは森の中へと歩き出した。

湖に沿った花々が咲き乱れる小路を歩き、景色のいい東屋のベンチにふたり並んで座った。

雲ひとつない空は晴れ渡り、時おり彼方から渡ってきた春風が、水面にさざ波のような水紋を浮かび上がらせる。

(素敵な場所。お天気もいいし、今日が結婚記念日で本当によかった)

目を閉じ、身も心も満たされた幸福感に身を任せていると、フッと何かが頬に触れた。

目を開けると、目の前に遼河さんの顔がある。

「遼河さん……？」

けれど彼の表情が少し切なげな気がして、私は戸惑う。

（どうしたの？　遼河さん、何だかいつもと違う）

不安になって縋るように見上げると、遼河さんはしばらく私を見つめた後、フッと表情を緩めていつもの優しい微笑みを浮かべた。

春の陽射しが彼を金色の輪郭で彩り、まるで夢の中にいるような気分になる。

大好きな人の、優しい笑顔。

「花菜、これ、プレゼント」

「えっ……」

遼河さんが身体の後ろから取り出したのは、野の花を束ねた花束だ。

たっぷりのグリーンに花々を束ねたブーケは、幼い頃映画で見たものによく似ていた。

シロツメクサやマーガレット、ムスカリやアネモネなど、春の庭に咲く素朴な花々を無造作に束ねたブーケは、今でこそシャンペトルブーケと言われて人気だけれど、私にとっては胸がキュンとするような、ノスタルジックな趣を感じさせる特別な花束だった。

薔薇やカサブランカのような豪華さはないけれど、映画の中では彼が恋人のためだけに用意した、世界中でたったひとつの愛に満ちた贈り物だったから。

「本当は最初の結婚記念日に贈りたかったんだけど、莉々花が生まれてすぐだったから、そんな余裕がなくて。今回、レストランの予約をした時に相談して用意してもらった。……受け取ってくれる？」

「はい、もちろん。……ありがとうございます。嬉しいです」

突然の贈り物に思わず涙ぐんでしまうと、遼河さんが指先でそっと拭ってくれる。

「花菜、泣くのはまだ早いよ。まだプレゼントが残ってるんだ」

遼河さんはちょっと悪戯っぽく笑って上着のポケットに両手を入れ、グーを作って同時に私の目の前に差し出した。

「どっちか選んで」

「えっ」

「いいから。早く」

甘い瞳で急かされ、少し悩んだ末、向かって右側の手に触れた。

すると遼河さんは手品のように手をクロスさせて反対側の手を私の目の前に差し出し、優雅に指を開く。

するりと落ちた白く輝く鎖が、目の前で揺れた。

「あ……」

現れたのはきらりと輝くネックレスだ。

繊細な煌めきを放つチェーンには、有名なジュエリーブランドのハート型のモチーフが、大小ふたつ並んで通されている。

左右非対称のハートを柔らかな曲線で象《かたど》った、世界中の女性に愛される可憐なデザイン。

大きい方はプラチナ、小さくて可愛い方はピンクゴールドだろうか。

寄り添うように並んで揺れるふたつのハートは、まるでお母さんと赤ちゃんのように私の目に映る。

「君と、莉々花の分も。ひとつよりふたつの方が、今の君には似合う気がして」

「遼河さん……」

このハートのネックレスも、私が昔から憧れていた特別なジュエリーだ。

それに、莉々花の分もだなんて。

あまりにも素敵なプレゼントに、思わず涙が溢れてしまう。

「気に入った？」

「はい。とっても嬉しいです」

「じっとしてて。つけてあげる」

遼河さんは留め金を外してチェーンを沿わせ、首の後ろでネックレスを着けてくれる。

ふたつのハートが、胸元で艶やかに輝く。

少女の頃に夢見たジュエリーが、宝物のように愛しい存在を改めて実感させてくれる。

嬉しくて胸がいっぱいになり、何かが弾けてしまいそうだった。

「遼河さん」

「何？」

「どうして分かったんですか」

私が幼い頃から憧れて、ずっと欲しいと思っていた恋人からのプレゼント。

私の言葉に、背後で遼河さんがクスリと笑う。

うなじの辺りに彼の息を感じて身を震わせると、今度は彼の熱い唇が首筋に押し付けられた。

柔らかで、官能的な感情が身体を駆け抜ける。

愛されているという喜びが、彼の唇を通じて身体中に広がっていく。

「こんなところでキスをしたら、ふしだらだと叱られてしまうかな」

「遼河さん……」

「でも、いいか。今日は結婚記念日だから、きっとみんな大目に見てくれる」

遼河さんは爽やかに言い放つと、チュッと音をさせて首筋や頬にキスの雨を降らせる。

そしてやがてたどり着いた唇に、飽き足りないほどの口付けを与えてくれた。


レストランに戻ると、シェフと奥様が笑顔で出迎えてくれた。

莉々花はあの後すぐに眠ってしまったそうで、ベビーカーの中ですやすやと寝息を立てている。

美味しい食事と温かな心遣いにお礼を述べてレストランを後にすると、私たちは宿泊先のホテルへと向かった。

山あいの美しい風景を眺めながらのドライブを楽しんで、約一時間ほどで目的地へ到着すると、ホテルの玄関前で車を停める。

荷物をトランクから出していると、ホテルのスタッフが出迎えてくれた。

チェックインを済ませ、まだぐっすり眠っている莉々花を抱っこして客室へと向かう。

赤い屋根が特徴的なこのホテルは、約百年の歴史を持つ老舗のリゾートホテルだ。日本有数のラグジュアリーホテルの系列であり、自然豊かな山あいに位置しながらも、都心の一流ホテルに引けを取らないサービスが受けられることで知られている。

オープンしているのは春から秋までの気候のいい期間だけ。

今も昔も変わらず多く人たちに愛される人気の高いホテルで、なかなか予約が取れないことでも有名だ。

私も一度は泊まってみたいとずっと思っていたから、今回訪れることができてとても嬉しい。

案内された客室は、ベッドルームとリビングが備わったワンベッドルームタイプのスイートルームだった。

ウッドデッキのようなベランダが付いていて、雄大に連なる山々を見渡せる。

遥か彼方の山脈は、もう春も半ばだというのにうっすらと雪化粧した美しい姿だ。

「すごく素敵ですね」

「本当にきれいな場所だな。何だか心が洗われる」

美しい景色にふたりでしばらく見惚れていたら、遼河さんに抱かれていた莉々花が目を覚ました。

いつもとは違う風景にしばらく物珍しそうに周囲を見回していたけれど、すぐに山々を指さしたり、鳥のさえずりに目を見開いたりと大興奮だ。

遼河さんはそんな莉々花を、愛おしそうに見守っている。

「ぱぱ、ちっち、ちっち」

「そうだね、鳥さんもいるね」

「あっ、ちっち、ばー」

ベランダに佇む私たちの気配に気づいた鳥たちが、一斉に羽音をさせて木から飛び立った。

「あー」と残念そうに言った莉々花に、遼河さんが優しく笑いかける。

「鳥さんはお家に帰ったんだ。もうそろそろ夕方だからね」

遼河さんが言う通り、落日の時間が迫る西の空は淡いピンク色に染まり始めている。

標高の高いこの場所では、春と言ってもまだ冬の気配が色濃く残っている。

ひんやりした空気に、莉々花がひとつ小さなくしゃみをした。

「冷えてきたから、そろそろ中に入ろう」

遼河さんに促され、私たちは暖かな部屋に戻る。

このホテルには今日から二泊する予定だ。

天気予報ではお天気が続く予定だから、数日の間この美しい景色を楽しむことができる。

(莉々花にも、たくさんきれいな花や景色を見せられたらいいな)

自然に華やぐ気持ちで胸を膨らませながら、私は窓の外の景色にまた思いを馳せるのだった。


居心地のいい部屋でしばらくゆっくり過ごした後、夕食はルームサービスで簡単に済ませることにした。

お昼に続いて食欲旺盛な莉々花は、食事を終えるとまるで電池が切れたように眠ってしまった。

新しいものにたくさん出会えた一日だったから、きっととても疲れたのだろう。

起こさないようベッドルームに入れてもらったベビーベッドにそっと寝かせ、部屋を後にする。

「僕も風呂に入ってくるよ。花菜も疲れただろう。先に寝てていいよ」

そう言って遼河さんがバスルームへ行ってしまうと、私はホッと一息つき、温もりのある木製のソファにそっと背中を預ける。

莉々花と私は夕食の前にお風呂に入らせてもらっていたから、もうあとは眠るだけ。ゆったりと満ち足りた気分で背もたれに身を委ねると、身体の緊張がゆるゆると解けていく。

（今日は素敵なことがたくさんあったな……）

結婚記念日に、突然贈られた様々なサプライズ。

優しい想いに満ちたそのひとつひとつを、幸せな気持ちで思い出す。

（でも……本当にびっくりした）

今日受けたサプライズのどれもが、偶然にも私が子供の頃から憧れていたことばかりだった。

彼には何も言っていないはずなのに、こんなにも望み通りのプレゼントが与えられるなんてまるで夢のようだ。

（遼河さん、まるで魔法使いみたいだ）

それも、とびきり素敵な王子様みたいな魔法使い。

子供の頃に夢中になった童話の主人公が頭に浮かび、子供じみた妄想に我ながら恥ずかしくなる。

自分の夫を捕まえて王子様だなんて、他人に知られたらきっと笑われてしまうだろう。

(でも私にとっては、遼河さんは今でも王子様みたいな憧れの人だ)

中学生の時に初恋を捧げてから彼のことだけを見つめてきたけれど、その想いは結婚した今でも変わらない。

遼河さんのことを考えれば胸の鼓動が高まり、とめどなく愛おしさが募っていく。

最愛の彼との間に莉々花という宝物まで授かり、幸せすぎて怖いくらいなのだ。

高まる感情に何かが込み上げるような気持ちになり、息苦しくなってフッと息をついた。

目の前のテーブルには、ホテルスタッフに生けてもらった花々が微笑み合うように部屋を美しく彩っている。

花束も、ネックレスも。赤い屋根の森のホテルだって、本当に全部が嬉しい。

でも……。

立ち上がって窓の外に視線を向けると、濃紺の夜空に数えきれないほどの星たちが瞬いている。

その冴え冴えとした美しさに、胸がツンと痛くなった。

(どうしてなんだろう。こんなにも遼河さんに愛してもらっているのに)

私の心にポツンと落ちた小さな赤い染みが、じわじわと純白を赤く塗り替えていく。

美しい花も可憐なネックレスも、大切な私の家族すら飲み込んでしまう。

(怖い。……どうしてこんな場面が頭に浮かぶの?)

時おり、何の前触れもなく訪れるどうしようもない感情が、私を不安にさせる。

彼の奥さんになっても、莉々花を授かっても、何だかずっと夢の中にいるような気がしてならない。

正体の分からない漠然とした気持ちに、迷子の子供のように心細くなってしまう。

(お願いだから誰か、この感情の理由を教えて……)

「星がきれいだ。明日も天気だな」

耳元で囁く声に、ハッと我に返った。

振り返ると、いつの間にそこにいたのか、まだ濡れ髪の遼河さんが立っている。

遼河さんは私の肩を抱くと、そっと自分の方へ引き寄せた。

その力強さが、私の心を現実に引き戻してくれる。

「もう寝室へ行こう。花菜も疲れただろう？」

リビングの明かりを落としてベッドルームへ向かうと、ベビーベッドの中で莉々花がすやすやと寝息を立てているのが目に入った。

無防備であどけない寝顔に、ダウンライトが柔らかな影を落とす。

起こさないように気をつけながら莉々花に顔を近づけ、柔らかな髪をそっと撫でた。

手のひらに残る額から頭にかけての曲線が、遼河さんと同じ。

最愛の娘が最愛の人に似ていることが、不思議でくすぐったく、そしてとても幸福だ。

「莉々花、よく眠ってるね」

「とっても楽しい一日でしたから。きっと楽しい夢を見ていると思います」

その証拠に、莉々花の寝顔には微かな笑みが浮かんでいる。

まるで今にも笑い出しそうな娘の表情に、遼河さんに優しい笑顔が浮かんだ。

「莉々花、楽しそうだ」

「はい。本当に嬉しそう」

「僕だって嬉しいよ。君と莉々花と一緒にいられて」

遼河さんはそっと莉々花の額に唇を落として掛け布団を直し、私の手を握る。

「僕たちももう休もう」

キングサイズの大きなベッドは質のよいリネンで整えられ、身体を横たえると心地よく身体が沈む。

肌触りのいい毛布にふたりで包まり、温かさを分け合った。

「花菜、おいで」

自然に身体を引き寄せられ、彼の腕の中に包み込まれた。

熱い体温がパジャマ越しに伝わり、それだけで、さっきまで胸にひそんでいた不安が吹き飛んでしまうのだから、本当に不思議だ。

頬に触れる胸から規則正しい心臓の鼓動が伝わり、もっと彼を感じたくて顔を押し付けると、身体に回った腕にぎゅっと力が込められた。

「どうしたの？　今日の花菜は甘えん坊だな」

「だって」

「だって、何？」

だって、遼河さんのことが好きだから。

きっと私の方が遼河さんを好きだから。

そう思ったけれど、口には出せなかった。

結婚して二年も経つのに、まだこんなに遼河さんを好きだなんて、あまりにも恥ずかしすぎる。

「遼河さん、あの……今日は本当にありがとうございました」

「どういたしまして。君が喜んでくれたなら、僕も嬉しい」

「本当に嬉しくて、楽しくて……苦しいくらい幸せで」

その言葉に、私のつむじの辺りに顎を押し付けている遼河さんが微かに笑った気配がした。

「君が幸せなのは嬉しいけど、苦しいのは困る。ただ幸せで、笑っていてくれたら嬉しい。君も、莉々花も」

遼河さんはそう言うと、そっと身体を離して私の顔を覗き込んだ。

暗闇の中で感じる彼の吐息が、ふたりだけの密やかな時間を包み込む。

「結婚記念日だからちゃんと言うよ。花菜、僕と結婚してくれてありがとう」

「私こそ……本当にありがとうございます。遼河さんやおじ様たちの助けがなかったら、私たち家族はどうなっていたか分かりません」

「お礼を言うのは僕たちの方だ。F&T法律事務所の発展は、高橋家の存在をなくしてはあり得なかった。だから今両家が協力するのは、当たり前のことなんだよ」

遼河さんはそう言うと、私の髪をそっと掻き上げた。

そして優しく顔に触れる。

頬を両手で包み込み、そっと撫でながら指を額へと移動させていく。

やがて生え際の少し手前辺りで止まり、何度も、何度も優しく撫でてくれる。

「そこ、結構大きな傷があるでしょう?」

遼河さんの指が触れる場所に思いが巡り、私は顔を上げた。

額の傷は十年ほど前にできたものだけれど、未だに少し盛り上がったような痕が残っている。

生え際から額の真ん中まで、五センチほどはあるだろうか。

前髪を下ろしていれば分からないし、上げていてもお化粧をすれば隠すことができるけれど、顔に傷があるなんて遼河さんは嫌かもと、ずっとこの傷については話せないでいた。

遼河さんもこの傷について触れることはなかったから、こんな風に話すのは初めてのことだ。

「中学の時に怪我をしたんです。友達とふざけて、駅の階段から落ちたみたいで。その時のことは、あまりよく覚えていないんですけど」

それは、結構な大怪我だったらしい。

大量に出血して救急車で病院に運ばれた私は、一週間ほど入院していたそうだ。

いたそうだ、というのは、私がそのことを覚えていないからだった。

私は階段から落ちた拍子に軽い脳震盪を起こし、しばらく気を失っていたらしい。

その怪我の入院先で、おじ様たちと一緒にお見舞いに来てくれた遼河さんと初めて出会った。

それが私の、現在進行形の恋の始まりだ。

遼河さんはしばらく私の傷痕をそっと撫でていたけれど、やがてまた頬を両手で包み込み、私の顔を見つめた。

その痛々しい表情に、胸が締め付けられたように苦しくなる。

彼に気を遣わせてしまったのではと、少し慌てた。

「大した怪我じゃないのに、入院までしたんです。本当に、うちの家族って大げさで」

「大げさなんかじゃない。大切な君が怪我をしたんだ。ご家族が心配するのは当たり前のことだよ」

「でも、そのお蔭で遼河さんに会えたから、ちょっと怪我してよかったかもって。遼河さん、お見舞いに来てくれたでしょう？」

私の言葉に、遼河さんの顔がさらに悲しげに歪む。

過去に起こったちょっとしたアクシデントにすら心を砕いてくれる遼河さんの優しさに、胸がキュンとしてしまう。彼に対する気持ちが膨らんで、溢れてしまいそうになる。

抑えきれない彼への想いに、私は思わずずっと隠していた秘密を口にした。

「私、その時に遼河さんを好きになったんです。たぶん、一目ぼれです」

「花菜……」

「本当です。初めて会ったのに、ずっと前から知っている人みたいに思えた。だから私も、結婚のお話をいただいた時本当に嬉しくて……」

紡ぎかけた言葉を遮るように、遼河さんの熱い唇が落ちてきた。

狂おしく奪われ、溶け合うように互いを求め合う。

彼と唇を重ねるのはもう何度目か分からないほどなのに、また初めてのようなときめきが身体中を駆け巡った。

もう彼なしでは生きていけないのだと、まるで細胞のひとつひとつが叫んでいるような気持ちになる。

柔らかな舌が絡み合い、逞しい身体に組み敷かれると、甘やかな指先が私の肌を滑り落ちる。

昨夜愛し合ったばかりなのにまるで足りない気がして、ねだるように甘い声を上げた。

優しい指先と舌が、もう触れていない場所はどこにもないほどに彷徨《さまよ》い、その熱に、肌が、すべてが潤んでいく。

滾るような情熱に巻かれて身も心もとろとろに溶けてしまい、彼とひとつになってゆらゆらと燃えて揺らめく。

飽き足りないほどの愛を刻み付けて隅々にまで熱を放った遼河さんは、やがて私の上に崩れ落ちるように倒れ込んだ。

湿った肌と彼の重みが、ふたりの確かな絆を感じさせてくれる。

荒い息を吐きながら、遼河さんが私の額に唇を落とした。

愛おしげなその仕草に、痛いほどの幸せが溢れ出す。

「君も、この傷も……君のすべてを愛している」

「遼河さん……」

「だからずっと側にいてくれ。ずっと君を愛させてくれ」

遼河さんは絞り出すようにそう呟くと、また私を抱きしめる。

いつもは揺らぎない彼の、子供のように無防備な眼差しが愛おしくて、私は思わず彼に口付けた。

何度も、何度も。

「花菜、……ずっと僕の側に……」

「私、遼河さんの側にいます。だから……そんな顔をしないで」

「約束だ。僕を置いてどこにも行かないでくれ。僕を……忘れないでくれ」

小指を絡め、何度もいとけない約束を交わす。

そしてまた、彼の熱い情熱が私の身体を隅々まで潤していく。

繰り返される彼の愛に声を嗄《か》らす結婚記念日の夜は、甘く深く過ぎていった。


翌日、ベッドの中で目覚めると、隣にいるはずの遼河さんがいなかった。

ベビーベッドにいるはずの莉々花の姿も見えない。

傍らの時計を確認すると、時刻はもう九時を過ぎている。

（大変、寝坊しちゃった）

慌ててリビングへ向かうと、私に気づいたふたりが揃ってよく似た笑顔を向けてくれる。

明るい陽射しが差し込むテーブルの上には、昨日プレゼントされた花々と、美味しそうな朝食が並んでいた。

「花菜、おはよう」

「まま、まんま」

弾けるように笑う莉々花が、遼河さんの膝の上で食事の続きを催促している。

遼河さんが莉々花の口元に小さく切ったフレンチ・トーストを運ぶと、パクパクと口に含み、また次の催促。本当に、気持ちがいいくらいの食欲だ。

「ごめんなさい。私、寝坊してしまって」

「君がよく眠っていたから、わざと起こさなかったんだ。……よかった。顔色もいいね」

「ありがとうございます。何だかすごくすっきりした気分です」

いつもは莉々花が気になってあまり熟睡できないから、こんなに深く眠ったのは久しぶりだ。

優しい気遣いに感謝しながら遼河さんの隣に座ると、顔だけを寄せてちゅ、とキスを落とされる。

昨夜たくさん愛し合った余韻もあり、甘すぎる遼河さんの眼差しに簡単に顔が赤くなった。

「そんなに可愛い反応をされると困るな。また君をベッドに連れていきたくなる」

「遼河さん……」

「でも、これ以上は我慢するよ。莉々花がヤキモチを焼いてしまうからね」

遼河さんはそう言って悪戯っぽく笑うと、カップにコーヒーを注いでくれる。

「君も食べて。ここのフレンチ・トーストは絶品だよ」

「まんま、ちー」

「ほら、莉々花も美味しいって。でも莉々花は、もう少しゆっくり食べた方がいいね。ほら、ちゃんとミルクも飲んで」

遼河さんの膝の上で、莉々花が顔中を笑顔でいっぱいにする。

微笑むように食卓を彩るマーガレットやアネモネも、私たちの幸福を祝福してくれているような気がした。

朝食を終えると、少し部屋でゆっくりして周囲の散策へ出かけた。

暦上はもう春も本番だけれど、標高の高いこの土地ではまだ春は始まったばかりだ。

でもここ数日はお天気がよく、日中はぽかぽかと過ごしやすい陽気だという。

ホテルスタッフが教えてくれた道筋をたどり、一時間ほどのお散歩コースを親子三人でゆっくりと散策した。

陽当たりのいい道端に白く小さな花が群生して咲いていたり、珍しい水色の花がひっそりと日陰に咲いている。

そのひとつひとつを見つけるたび、莉々花の眼差しがキラキラと輝いた。

「あっ……まま」

またひとつ小さな花を見つけた莉々花が、よちよちと歩み寄っては嬉しそうに小さな指をさしている。

「莉々花、お花、きれいだね」

私が言うと、莉々花は花が咲くような笑顔を見せてくれる。

花々の盛りにはまだ少し早いけれど、自然の中で普段目にすることのない珍しい草花を見ることができ、莉々花だけでなく私の心も弾んでいく。

三人で花を探しながらしばらく歩みを進めていくと、それまで辺りを包んでいた陽射しが不意にサッと雲に遮られた。

とたんに冷たい風が吹き、さっきまでとは打って変わった冷ややかな空気に莉々花がくしゅんとくしゃみをする。

「やっぱり、陽が翳《かげ》ると少し寒いな。花菜、大丈夫？」

「私は大丈夫です。でも、莉々花の上着を部屋に忘れてしまって」

念のために家から防寒用のジャンパーは持ってきていたが、昨日からの穏やかな天気に油断して部屋に置いたままだ。

雨が降る様子はなかったけれど、このままお天気が回復しなければ莉々花に風邪を引かせてしまう。

遼河さんは少し思案すると、自分が羽織っていたフリース素材のジャケットを莉々花に着せかけて踵を返す。

「莉々花の上着を取ってくる。すぐに戻ってくるから、ここで待ってて」

軽やかに走り去る遼河さんを見送り、私は莉々花を抱っこして林道の脇に腰を下ろした。

脇を流れる清流が、さらさらと心地いい音を奏でている。

「莉々花、ここでパパを待っていようね」

「ぱーぱ、りり」

大好きなパパがいなくなって、莉々花は少し不安そうだ。

何かを訴えるようなつぶらな眼差しを安心させるよう、小さな身体をギュッと抱きしめた。

「大丈夫。パパはすぐに帰ってくるよ」

莉々花は本当にパパが大好きだ。

そして莉々花とこんな絆を築いてくれる遼河さんを、心からありがたいと思う。

忙しい毎日の中、遼河さんは時間をやりくりして莉々花と一緒に過ごしてくれる。

食事やお着替え、おむつやお風呂など日々のお世話も積極的に参加してくれ、今ではどんな育児も完璧だ。

だから莉々花は、いつでもパパにべったりだ。

私が家事をしている間にふたりでお散歩に出てくれることもあり、ご近所でも密かに話題になっていると、最近マンションのお隣に住むおばあちゃまに教えてもらった。

「ぱぱ、ぱーぱ……」

莉々花の寂しそうな横顔に、しゅっと冷たい風が吹きつけた。

風上に背を向けてギュッ莉々花を抱きしめ、冷たさから庇う。

すると視線の先で、深く茂った木立の中にちらりと蠢く赤い色が目に入った。

明らかに自然のものとは違う色彩に、心臓がドキリと波打つ。

（えっ、今の何……？）

莉々花を抱きしめたままじっと目を凝らしていると徐々にその輪郭が浮き上がってくる。

木々の隙間に何かが紛れていることに気づき、ざわっと肌が粟立った。

本能的に危険を感じ、莉々花を抱く腕に力がこもる。

「まーま……」

さっと強い風が吹き、視線の先で赤い布が翻《ひるがえ》った。

するとその瞬間、背の高い人影がくっきりと姿を現した。

シルエットからすると、恐らく女性だろう。

たっぷりとした赤いロング丈のコートと、同じ色の帽子を身に着けていた人物は、こちらを窺うように真っ直ぐ顔を向けている。

清々しい森の中で明らかに異質な赤い色彩は、まるで何かを警告しているように感じられた。

（こんなところでいったい何をしているの。もしかして、私たちをずっと見ていたの？）

ざらりとした感覚が私を襲い、得体の知れない恐怖がじわじわと沸き起こる。

帽子の下から見え隠れする黒髪と、毒々しい赤い唇。

その唇が、私に向かって笑ったような気がした。

莉々花をぎゅっと抱きしめて無意識に後ずさりすると、赤いコートがゆらりと大きく揺らめく。

（いったい誰なの？　……何だか怖い）

帽子に隠された顔に、残酷さを感じさせる赤い唇。

根拠なく感じる冷たい悪意に、思わずその場を立ち去ろうと身を翻したところで、背後から「花菜！」と私を呼ぶ声がした。

振り返ると、莉々花の上着を持った遼河さんがこちらに走ってくるのが見える。

「遼河さん！」

「お待たせ。……いったいどうしたんだ。そんな泣きそうな顔をして」

「遼河さん、あそこに人がいるんです。隠れて私たちを見ているみたい」

怯えたような私の言葉に、遼河さんの顔に緊張が走った。

そして庇うように私たちの前に出ると、繁みを掻き分けて私が示した方へ足をふみ入れる。

けれどその時には、人影はもう跡形もなく消えていた。

「花菜、この辺り？」

「はい。……誰もいませんか」

遼河さんはしばらく四方八方に視線を巡らせていたけれど、やがて表情を緩めて私たちの下に戻ってきた。

「もう誰もいないみたいだ。……どんな人だったの？」

「背が高い女の人でした。赤いコートと帽子をかぶっていて……」

帽子を深くかぶっていたから目元は見えなかったけれど、遠目ながら唇に真っ赤なルージュが引かれていたことははっきり分かった。

私に向かってその毒々しい唇が笑ったのを、はっきりと見たのだ。

「怖かっただろう。僕がいるからもう大丈夫だ」

遼河さんはそう言うと、莉々花を抱っこした私をギュッと抱きしめる。

そしてそこからホテルへ帰るまでの間、ずっと手を繋いでいてくれた。

魔女は突然やってくる

週明けの月曜日、私は莉々花を連れて実家を訪れていた。

今日は遼河さんが遅くなるので、久しぶりに実家でお泊りだ。

結婚記念日の旅行のお土産に吟味して選んだ木の実のジャムや珍しい草花の絵葉書を渡すと、母の顔に嬉しそうな笑顔が浮かぶ。

夕飯に出てきた懐かしい手料理に舌鼓を打ち、お風呂を済ませた莉々花と母が寝室へ行ってしまうと、私は兄とふたりリビングでコーヒーを楽しんだ。

ひとしきり近況やお土産話に花を咲かせていると、私を見ながら兄がしみじみと呟く。

「最初はちょっと心配したけど、お前、本当に遼河さんと結婚してよかったよな。莉々花もお前も、すごく幸せそうだし」

「ありがとう。お兄ちゃん」

「でもまぁ、事務所の秘書たちは政略結婚だなんだって、大騒ぎだったけどな」

その噂は私の耳にも入っている。

確かに表面上は政略結婚と言われても仕方ない状況だけど、私たちは本当はお互いを想い合っていた。

そんなこときっと誰も知らない話だろうけど、愛のない結婚だと思われるのは、何だか嫌だ。

私は唇を尖らせながら、兄に話を振った。

「それより、お兄ちゃん、最近仕事はどうなの？」

「……ちゃんとやってる」

「もう。真面目に努力してよ。遼河さんやおじ様に迷惑かけちゃだめなんだからね」

兄の優は弁護士になってもう六年目だけれど、今ひとつ成果が上がらずまだまだ事務所内では駆け出しの存在だ。

父のようなパートナー弁護士になるにはもう少し時間がかかりそうで、それが私と母の一番の心配の種だ。

F&T法律事務所の〝T〟という文字は、高橋の〝T〟。

日本有数の法律事務所となった今、『F&T法律事務所』という事務所名は商標登録しても差し支えないほどの影響力を持つ。

けれど代表弁護士が替わったのなら法人名も変えるべきだという意見も、未だ事務所内に根強く残っているらしい。

その一派が、先日会った中津川先生だ。

「お兄ちゃん、私この間、中津川先生に偶然会ったの」

「えっ、そうなのか」

「うん。旅行に行く日に、遼河さんに電話が掛かってきて……」

私の脳裏に、中津川先生の陰険な表情が浮かぶ。と同時に、彼が伴っていた女性にも意識が向いた。

彼女が不自然に引き上げた唇の形が、今も深く脳裏に焼き付いて離れない。

あの時感じた恐怖の匂いが染みついて消えないのだ。

口をつぐんだ私に、何かを感じ取った兄のいぶかしげな視線が向けられる。

「中津川先生が、どうして遼河さんに電話なんかするんだよ」

「大手クライアントの関係で会って欲しい人がいるって、ホテルに呼び出されたの。莉々花とふたりで遼河さんを待っていたら、私も偶然会ってごあいさつしたのよ。その人、沢渡華子さんていう人だった」

「沢渡華子？　沢渡の役員にそんな名前の人いたかな。それに、中津川先生は沢渡にはノータッチだ。藤澤代表が、あいつを事務所最大のクライアントに関わらせるわけないだろ」

兄は今、藤澤のおじ様手ずからの教育を受けるべく、彼の下で様々な雑務をこなしている。

代表パートナーである藤澤のおじ様が抱える案件は、古くから付き合いのある取引先が多い。

中には、膨大な関連企業を持つ大手クライアントも複数ある。

そんな巨大企業を担当する場合は複数の弁護士がチームを組むことになるが、兄の場合はチームのメンバーというわけではなく、おじ様直下の雑用係だ。

ならば秘書かということになるが、おじ様には社内随一の優秀さを誇る秘書がついているから、それとも違う。

文字通りただの雑用係だ。

けれどそれは、広く浅く雑多な知識と情報を得る立場でもある。

その見識は、いつか兄の強力な武器になるだろう。

おじ様が兄を雑用係に任命したのは、恐らくそんな思惑からだ。

代表自ら、先を見越した教育を兄にしてくれていることに、感謝してもしきれない。

もっともどこか真剣さが足りなく頼りない兄に、そのありがたみが分かっているかどうかは、甚《はなは》だ疑問だ。

「沢渡ホールディングスの本体は鉄鋼業なんだ。造船や重機で儲けた時代もあるけど、今では不動産開発が収益の要になっている。今の代表取締役は沢渡慶介《けいすけ》氏。先代の長男で商才もあったから、十年ほど前に問題なく後継者になった。この人には優秀な長男がいて、最近鉄鋼部門の社長に就任したばかりのはずだ。でも確かひとりっ子で、姉妹はいなかったはずだけどな……。いくつくらいの人だった？」

「多分、三十歳くらいだと思う」

「それじゃ、二男の娘かな。現取締役の弟で、沢渡亮介《りょうすけ》って人がいるんだけど、今は子会社の社長に身を落としてる。十年前、後継者に指名された兄貴を妬んでありもしない不正をでっち上げたけど、呆気なくばれて降格させられたんだ。彼には子供が三人いて、そのうちふたりが子会社の役員に名を連ねてる。もしかしたら会社に入っていない、もうひとりの子供かな」

兄はそう言うと、意味ありげに瞳を光らせる。

その視線の思いもよらぬ鋭さに、胸がどきりと音を立てた。

兄は昔から男性にしてはふわふわと掴みどころがなく、子供の頃などはその端整な顔立ちと華奢な体型から、女の子に間違われることも多かった。

中学・高校と通った男子校では付近の女子高生に『白雪姫に似てる』などと噂を立てられ、何故かファンクラブまでできてしまった異例の過去を持つ。

大人になった今も当時の面影は残っており、白雪姫のように透き通る白い肌と黒目がちな瞳、赤い唇は健在で、ガサツな性格とは真逆な乙女な外見をしている。

優しく明るい性格なので心癒されることも多いけれど、同じくらいのウエイトで意表を突く行動に振り回されることも多い。

大好きだけれど面倒くさい存在、と言ったところだ。

「で、その人が何？　お前に何の関係があんの？」

「えっ……」

「だってお前、何かその人のことすごく怖がってない？　気づいてた？　その人のことを話す時のお前の顔、引きつってる」

兄に指摘され、私は慌てて両手を頬に当てる。

(お兄ちゃん、何でこんなに鋭いんだろう。この鋭さを、もっと仕事に活かせればいいのに……)

時々、兄は思いもよらない鋭さで誰もが見落とす本質を突くことがある。

先入観に惑わされずに本質を見抜く直観力、とでも言えばいいだろうか。

こういった部分は亡き父が弁護士に向いていると断言していた、兄の稀有な才能だ。

私は先日から胸に残る疑問をもう一度噛みしめる。

（あの時森の中にいたのは、沢渡さんじゃないだろうか）

森の中で赤いコートの女性を見た日から、心の中に思い浮かぶのはそのことばかりだ。

もちろん、遠目にちらりと見ただけの人影が沢渡さんだという確証は何もない。

そもそもホテルのゲストしかはいれないあんな山深い場所に、彼女のような人がいるはずもないのだ。

でも、どうしてもその考えが頭から離れない。

何より、帽子の下で私に向かって引き上げられた毒のある唇が、強烈に彼女をイメージさせる。

「花菜、お前、何か隠してるな？」

ハッと我に返って顔を上げると、兄の鋭い視線がこちらに向けられているのに気づいた。

白雪姫にたとえられる美貌は鋭く冴えた眼差しで際立ち、どこか凄味を増している。

こんな表情をする彼はわが兄ながら迫力があり、経験上、どんな誤魔化しも通用しない。

観念して溜め息をつくと、私は森の中で見た女性のことを兄に話す。

私の話を聞き終えると、兄は難しい顔をして唸るように言った。

「その話、遼河さんにはしたの？」

「……してない」

「どうしてしないんだ。それって、ちょっと怖い話だぞ」

兄に咎めるように言われ、私は唇を噛みしめる。

「でも、本当にそうなのかは分からないでしょ。証拠もないし」

「本当にその沢渡って人なら、少し常軌を逸してる」

「……それはそうだけど。でも遼河さんの古くからの知り合いなんだよ。親しくはなさそうだったけど、証拠もないのに疑うことはできないでしょ」

私がそう呟くと、兄も「それはそうだけど」と肩を落とす。

「でも中津川先生と一緒にいたってのも気に入らない」

中津川先生は、元は父の部下だった人だ。

過去にトラブルがあり、弁護士生命を断たれる寸前だった彼を事務所に引き入れ、再出発の手助けをしたのもまた父だった。

いわば恩人とも言える父の急逝後、彼が私たちにした仕打ちには、今でも胸を抉るような痛みが残る。

同じ弁護士という立場の兄にとっては、私以上につらく惨《むご》い体験だったろう。

「何か……ごめんね。嫌なこと思い出させちゃって」

「……いや。俺は大丈夫だ。でも、お前は気をつけろよ」

心配げに注がれた兄の視線に、慌てて取り繕うように笑顔を浮かべる。

「ごめん、何だかちょっと疲れちゃったみたい。私、もう休むね」

「ああ。何かあったら連絡しろよ。それに、心配なことがあるなら、遼河さんにちゃんと言った方がいい。何より、遼河さんとお前は夫婦なんだから」

珍しく頼り甲斐のある兄の言葉に、思わず本物の笑みが零れた。

父が亡くなってから人生の歯車が思わぬ方向に動き出したのは、何も私だけはないのだ。

兄もまた、高橋の名前を受け継ぐためにいばらの道を歩んでいる。

苦しいことがあっても決して表に出さない兄の、本当の強さに改めて気づかされる。

「お兄ちゃん、色々大変だと思うけど、頑張ってね。私も、頑張るから」

「俺は頑張るけど、お前は別に頑張らなくてもいい。ただ遼河さんを信じて、莉々花を育てればいいんだ」

そうだ。どんなことがあっても、遼河さんを信じて、莉々花を守り育てるのが私の役目。

大切なことを思い出し、心に勇気が湧いてくる。

「お兄ちゃん、ありがとう」

私の言葉に、兄は照れくさそうに笑った。


翌日も実家でゆっくり過ごし、夜には遼河さんが車で迎えに来てくれた。

食事や入浴を済ませてぐっすり眠ってしまった莉々花を後部座席のチャイルドシートに乗せると、私は遼河さんに誘われて助手席に座る。

彼はいつものように、紺のスーツをきっちり着込んだ隙のない姿だ。

サックスブルーのワイシャツにブルー系のレジメンタルタイを合わせた、清潔感の際立った組み合わせ。

もう午後九時を過ぎているのに少しも着崩れておらず、未だ爽やかなままなのが本当に不思議だ。

「何も変わったことはなかった?」

信号で止まったタイミングで、遼河さんが私に視線を向けた。

さっき母にあいさつをした時には隙のない遼河さんだったのに、車の中にふたりきりでいる今は、ほんの少しだけ眼差しが甘い。

無造作にタイを緩めた首筋から遼河さんの香りが漂い、思わずドキッとしてしまう。

「はい。お土産も喜んでくれましたし、私より莉々花に会えたことが嬉しかったみたいです」

「そうか。それなら、よかった」

遼河さんはそう言うと、そっと指の背で私の頬を撫でた。

その愛おしげな眼差しに、胸の奥がきゅっと疼く。

「たった一晩離れてただけなのに、こんなに欲しくて堪らなくなるなんて……もう中毒だな」

「え……」

「行こう。帰ったら、思う存分君を味わうから、覚悟しておいて」

射貫くように私を見つめると、遼河さんは前方に視線を向け、車を発進させる。

彼の熱を肌に感じながら、私は赤らんだ顔で彼の横顔を見つめることしかできなかった。

　それから二週間ほど過ぎた平日の午後、私は莉々花を連れて百貨店へ買い物に出かけた。

　ベビーカーを押しながら電車を乗り継ぎ、百貨店のグランドフロアにたどり着くと、莉々花と一緒にウィンドウショッピングを楽しむ。

　照明を受けてきらきら輝くショーケースに、莉々花の目が釘付けになった。

「莉々花、ぴかぴかだね」

「ぴっぴ、まーま」

　莉々花は物珍しそうに辺りを見回し、手を叩いて楽しそうに笑っている。

　私も莉々花もやっぱり女の子。

　きらきらしたものを見ると、テンションが上がる。

「さて、先にばぁばのプレゼントを選ぼうか。その後、莉々花のお洋服を見ようね」

「ばーば」

　華やいだ空間にどこかうきうきとした気分でベビーカーを押すと、莉々花も大好きなばぁばのものを選ぶのが分かるのか、真剣な眼差しでディスプレイされた商品をあれこれ眺めている。

この週末に、遼河さんの実家で義母のお誕生日を祝う食事会が開かれる。

そのためのプレゼントを選ぶことが、今日ここへ来た一番の目的だ。

様々な商品に目移りしながら、私たちは百貨店の通路をゆっくり進む。

独身の頃には仕事帰りに買い物をすることもあったけれど、莉々花が生まれてからこんな華やかな場所に来るのは久しぶりだ。

莉々花とふたりウィンドウショッピングを楽しみながら、義母へのプレゼントをあれこれ探す。

「あっ、これ、すごくきれい」

華やかなインポートの小物が陳列されている一角で、私の足が止まった。

目についた小ぶりなポーチは、精緻な刺繍で薔薇の花を描いた美しいデザイン。

義母はバッグの中にいつもお洒落なポーチを入れて持ち歩いているから、これなら使ってもらえそうだ。

「莉々花、これどう思う?」

身体を屈めて莉々花の目の前にポーチを差し出すと、莉々花が目をぱちぱちさせながら両手で口を押さえる。

これは莉々花の『可愛い』のポーズ。最近家でもよく見せてくれる莉々花の可愛い意思表示に、思わず笑顔が零れてしまう。

「それじゃ、これにしよう。ばぁばに喜んでもらえるように、きれいに包んでもらおうね」

支払いを済ませて待っていると、すぐにリボンで飾られた可愛らしいプレゼントが出来上がった。

きれいな紙袋に入れてもらい、売り場を後にする。

「可愛いものが買えてよかったたね。莉々花、一緒に選んでくれてありがとう」

「ばぁば、ばぁば」

「それじゃ、次は莉々花のお洋服を見ようか」

遼河さんの大切なお母さんに、素敵なプレゼントが用意できて嬉しい。

ご機嫌な莉々花とうきうきしながらフロアを横切り、上の階へ行くためにエレベーターホールに向かうと、ちょうど目の前で上向きのエレベーターの扉が閉まるところだった。

「あ……」

何かに既視感を感じて、私の視線が止まる。

閉じていく扉の向こう側で、背の高い女性がこちらを見つめていた。

目が覚めるようなフクシアピンクのスーツに、十センチ以上ありそうな細いヒール。

何より、帽子の下で弓のように弧を描いたピンク色の唇には見覚えがある。

「あっ、待って」

思わず駆け寄った扉は何のためらいもなく閉じ、階層を知らせる点滅は、止まることなく上昇を続ける。

やがて〝R〟と表示された場所で止まったエレベーターは、しばらく同じ場所に留まった後、また私たちの前に戻って静かに扉を開けた。

(あの人……間違いない、沢渡さんだ)

そして森の中で会った女性も、きっと彼女だ。

そう確信し、何かに誘われるようにエレベーターに乗り込む。

エレベーターが最上階に到着すると、私はベビーカーを押して〝屋上庭園〟と書かれた表示に従って進んだ。

角を曲がって視界が開けると、目の前に広場のようなスペースが現れる。

パンジーやチューリップなど春の花々が植えられた明るい広場には、周囲を取り囲むようにベンチが配置されており、何人かの人影がまばらに散らばっていた。

その中でひときわ目を引く女性が、正面のベンチに座っている。

ゆっくり近づくと、沢渡さんの鮮やかなピンクの唇の端が細い三日月のように引き上った。

「こんにちは。今日はお嬢さんとふたりでお買い物？」

「……こんにちは。沢渡さんもお買い物ですか」

「いいえ。私は少し用があって。でも、もう済んだわ」

「そうですか」

勢いで追いかけてしまったものの、その後、なかなか話が続かない。

落ち着きなく視線を彷徨わせながら言葉を探したけれど、緊張で何も出てこない。

私の緊張が伝わるのか、ベビーカーから莉々花が心配そうに様子を窺っている。

一方、沢渡さんは表情ひとつ変えることなくゆったりとベンチに座り、温度を感じさせない眼差しで私を見上げている。

「本当に遼河さんそっくり。……あなたには似てないわね」

沢渡さんはそう言うと、目だけを動かして莉々花を見つめた。

突然向けられた鋭い視線に、莉々花が怯えたように表情を曇らせる。

私は莉々花を庇うようにベビーカーの前に立つと、正面から彼女を見つめた。

「あの、もし違っていたらごめんなさい。沢渡さん、二週間ほど前に私たちが滞在していたリゾートホテルにいらっしゃいませんでしたか」

「何のこと？　私、そんな場所へは行っていないわ」

「でも……」

長すぎる手足と細長い身体、それに帽子をかぶったシルエットは、遠くから見てもひと目で彼女と分かるくらい特徴的だ。

それに何より、彼女の冷たく引き上げられた唇があの日の記憶とぴったり重なる。

間違いない。絶対に彼女だ。

そう言葉を続けようとした私に、沢渡さんの鋭い視線が飛んでくる。

「知らない。行くわけがないでしょう。あなたたちの結婚記念日なんて、私には関係ないわ」

「私たちの結婚記念日のことを、どうしてご存じなんですか」

「うるさいわね。あなた、しつこいわ」

一切を拒絶する冷たい声。

苛立ち紛れの辛辣《しんらつ》な言葉に、隣のベンチに座っていた男の人が居心地悪そうに立ち去った。

周りに人がいなくなり、沢渡さんの顔がさらに意地悪く歪む。

「本当に癇《かん》に障《さわ》る。遼河さんはどうしてあなたなんかと結婚したのかしら。いくら事務所の利益のためだとしても、今時政略結婚なんて馬鹿げてるわ」

「えっ……」

「だから……遼河さんにあなたは相応しくないって言ってるの!!」

突然ヒステリックになった、高い声が辺りに響く。

その憎々しげな声色や顔つきに、びくりと身体に震えが走った。

(お兄ちゃんの言った通り、この人は危険だ)

ベビーカーの中の莉々花も、よほど怖かったのか表情を強張らせたまま固まっている。

(莉々花が怖がってる。これ以上この人の側にいちゃだめだ)

そう判断し、私はその場から立ち去ろうと、踵を返して早足でベビーカーを押した。

「待ちなさい」

背後から投げつけられた高圧的な声に振り向くと、ベンチから立ち上がった沢渡さんがこちらを睨みつけているのが目に入る。

眉間には深く皺が刻まれ、小さく整った顔には憎しみの感情がありありと浮かんでいる。

目を覆いたくなるほどの恐ろしい形相に、無意識に身体が小さく震えた。

彼女が発するあからさまな憎悪は、明らかに私と莉々花に向けられている。

そのことに気づき、背筋にゾクッと冷たいものが走った。

(怖い。この人はいったい何なんだろう)

けれど逃げようと思っても恐怖で足が竦み、身体を上手く動かすことができない。

沢渡さんはゆっくりと私に近寄ると、ほんのすぐ側で歩みを止めた。

ハッとしてベビーカーを庇うよう対峙《たいじ》すると、彼女は身体を折り曲げて私に顔を近づけてくる。

凄味のあるはっきりした二重が、剣呑に私を見据えた。

「いい気にならないで。あなたも同じだから」

「えっ……」

同じって何？

そう思った私の心を読んだように、沢渡さんがきゅうっと唇を引き上げる。

「そうよ。あなたも私と同じなの。遼河さんに愛されてなんかいない」

そう言い放つと、彼女は急に声を上げて笑い始めた。

常軌を逸した彼女の行動に、ベビーカーの中の莉々花が小さく息を呑む。

(だめだ。早くこの人から離れた方がいい)

私は逃げるようにベビーカーを押し、エレベーターホールへ向かう。

背後から聞こえる笑い声が、追い討ちを掛けるよう叫んだ。

「あなたは身代わりなの。遼河さんが愛してるのはあなたじゃない!」

彼女の声から逃れるよう停まっていたエレベーターに飛び乗り、グランドフロアに向かうボタンを押す。

やがて階下に到着して扉が開くと、人気のない非常階段に逃げ込み、ベビーカーの側にしゃがみ込んだ。

「……まーま、まま」

身体がまだ震えている。

青ざめたままベビーカーに掴まると、莉々花の小さな手がそっと頬を撫でてくれる。

莉々花を抱き上げて階段に座り込み、私はしばらくの間動くことができなかった。

小一時間ほど非常階段に隠れて呼吸を整え、逃げるように百貨店を後にした。

極度の緊張から息苦しさが治まらず、途中で休みながらようやく家まで帰り着く。

時刻はもう六時過ぎ。

慌てて莉々花をお風呂に入れ、夕食を食べさせる。

温かなお湯に浸かってお腹を満たすと、ようやく心の緊張が解けた。

莉々花もすっかり元気になり、リビングの床の上でころころ転がっていると思ったら、いつの間にかぐっすり眠っている。

(まだ寝るには早い時間なのに……莉々花も疲れていたんだな……)

莉々花の安らかな寝顔を眺めながら、寝室に運んで寝かせ、そっと部屋を後にする。

ひとりになった部屋でソファに背を預けると、どっと疲れが押し寄せた。

(何だか、すごく疲れた……)

本当に衝撃的な一日だった。

どんなに冷静になろうとしても、今日起こった出来事を上手く整理できない。

私はクッションを掻き抱くように抱きしめると、昂《たか》ぶる気持ちを必死で落ち着ける。

頭の中では、沢渡さんに投げつけられた言葉が、何度も繰り返されていた。

今日彼女から聞いた言葉は、考えれば考えるほどどれも不可解で、まったく理解できない。

そして同時に、心をズタズタに引き裂くような残酷さをも孕んでいた。

『いい気にならないで。あなたも同じだから』

彼女が私を見る目には、明らかに憎しみが込められていた。

それはきっと、私が遼河さんと結婚して子供を産んだからだ。

彼女が放った不確かな言葉を鵜《う》呑《の》みにはしないけれど、あの人と遼河さんの間に何らかの関わりがあったことは、恐らく間違いないだろう。

(でも、あんなこと言うなんて、いくら何でも乱暴すぎる。それに……)

百貨店の屋上で、感情のままに投げつけられた様々な言葉がリフレインする。

『あなたも私と同じなの。遼河さんに愛されてなんかいない』

『あなたは身代わりなの！　遼河さんが愛してるのはあなたじゃない』

(あれはいったい、どういう意味なの？)

放たれた言葉の端々には彼女の遼河さんへの特別な感情が否応なしに感じられて、胸がざわざわとざわめく。

(愛されてないなんて……関係のない人に言われたくない)

彼女が何を言っても、私は遼河さんの妻だ。

確かに始まりは政略結婚だったけれど、結婚して初めての夜、遼河さんは私を愛しているとはっきり言ってくれた。

それに遼河さんは、ふたりの間に授かった莉々花を命よりも大切にしてくれている。

もちろん私も彼を愛し、家族三人で幸せに暮らしているのだ。

突然現れた見知らぬ人に、私たちの結婚生活を否定されるいわれはない。

理不尽な仕打ちに憤《いきどお》りを感じながらも、私の心は鈍い痛みに苛まれる。

(でも、〝身代わり〟って、いったいどういうことだろう)

沢渡さんは私のことを、誰かの身代わりだと言った。

遼河さんが愛しているのは私ではない、とも。

そんなの嘘だと思ってはいるものの、心の片隅で彼女のあの断定的な口調が引っかかる。

(沢渡さんは、何かを知っているの?)

言い知れぬ不安が心を覆い、様々な疑問符が胸の中に浮かぶ。

沢渡さんと遼河さんはいったいどんな関係だったのだろう?

中津川さんと一緒にホテルで初めて会った時、沢渡さんは遼河さんと十年ほど前に知り合ったと言っていた。

十年前ならば、遼河さんは二十四歳だ。

彼女は確か二十一歳だったと言っていたから、遼河さんとは三つ違い。

今でもあんなに美しいのだから、当時はきっと誰もが振り返る美人だったろう。

遼河さんだって、あの頃は誰もが振り返る本物の王子様だった。

当時のふたりが並べばお似合いの美男美女だったことは、誰にでも簡単に想像できることだ。

(もしかして恋人同士だったとか、そういうことなの？)

若く麗しいふたりが仲睦まじく手を繋ぐ姿が脳裏に浮かび、根拠のない妄想が私の心に深く突き刺さった。

(こんなこと考えちゃだめだ。沢渡さんが勝手に言っていることなんだから)

それに十年前なら、私たちが結婚するずっと以前のことだ。私には何の関わりもない。こんなことを気にすることじたい、馬鹿げている。

そう頭では分かっていても、どうしようもない嫉妬の感情が私の心を苛む。

悶々としながらソファに身を委ねていると、玄関の扉が開く気配がした。

時計を見ると、時刻はもう十時を過ぎている。

思いの外長い時間考え込んでしまっていたことに気づき、慌てて玄関ホールへと向かった。

「お帰りなさい」

「ただいま。何も変わったことはなかった？」

遼河さんは優しい笑顔を浮かべながら私を見つめると、頬に手を添えてごく軽いキスを落とす。

毎日、遼河さんが家を出る時と帰宅した時に受けるキスは、結婚当初からの甘い習慣のひとつだ。

毎日のことなのでいいかげん慣れてもよさそうなものだけれど、彼の顔を見れば私はいつだって、条件反射のようにときめいてしまう。

今夜もキスの後じっと見つめられ、その魔法のような琥珀色の眼差しに釘付けになる。彼の瞳の中に自分が映っているのが嬉しくて、ほんの少しだけ切なくて。

相変わらず、私は自分の夫に恋をしたままだ。

（……もっと自信を持たなきゃ。今、遼河さんの奥さんは私なんだから）

まだ二年ちょっとの結婚生活だけれど、私たちはふたりでいくつもの絆を積み重ねてきた。

たとえ過去に何があろうとも、その絆は簡単にはなくならない。

そう心に言い聞かせ、気持ちを切り替えて鞄を受け取ろうとしたところで、遼河さんが私をじっと見つめているのに気づいた。

心の奥底まで見透かされてしまいそうな不思議な眼差しに、胸がどきりと音を立てる。

「花菜、今日、何かあった？」

「えっ……。あの、どうしてですか」

「何となく、だけど」

彼の心配げな眼差しに、私はハッと我に返った。

（いけない、私、嫌な顔をしてたのかな）

確かに沢渡さんのことは気になるけれど、仕事を終えて帰ってきたばかりの彼に余計な心配はかけたくない。

この三人の暮らしこそが、私にとって今一番大切なものなのだから。

「いいえ。でも、莉々花を連れて久しぶりにお買い物に行ったので、人込みで少し疲れました。それより、遼河さん、お夕飯はどうしますか」

鞄を受け取りながら、私は遼河さんにとびきりの笑顔を向ける。

するとは遼河さんは、少し安心したように表情を緩めた。

「打ち合わせの合い間にちょっと軽食を摘んだだけだから、少しお腹が空いたな。何かある？」

「はい。それじゃ、すぐに用意しますね」

「ありがとう。じゃ、先に風呂に入ってくる」

優しい笑顔を残して、遼河さんは寝室の奥にあるクローゼットルームへと向かう。

大きく深呼吸をひとつして、私はキッチンへと向かった。


準備した夜食を食卓に並べていると、しばらくして遼河さんがバスルームから戻ってきた。

ラフなルームウエアに身を包んだ遼河さんは、ガスコンロの前にいる私の背後から近づくと、そっと首筋に顔を寄せる。

爽やかなシトラスの香りが、私の鼻腔をツンと刺激する。

「美味しそう。今日は何のスープ？」

「お肉が入ったポトフです。昨日スーパーに行ったら、いい塊肉があったので……」

ニンジンや玉ねぎ、キャベツや蕪などたっぷりの野菜と豚もも肉の塊を煮込んだスープは、大人の主菜にも莉々花の離乳食にもアレンジできる万能レシピだ。

時間がある時には、たくさん作って冷凍しておくこともある。

今日はスープとお肉を別々に盛り付けたスタイル。

薄くスライスしたポークには、蜂蜜わさびソースを添える。

食事の準備が終わると、遼河さんと向かい合って席に座った。

「美味しそうだな。いただきます」

「はい。どうぞ」

遼河さんは笑顔で私に向かって手を合わせると、スッと背筋を伸ばして食事を始めた。

いつも思うことだけれど、外でも家でも遼河さんの食事の仕方はとても丁寧だ。

「花菜、このスープ、野菜の味わいがすごくよく出てる。それに、ポークは柔らかくて、蜂蜜のソースが本当によく合うよ」

「ありがとうございます」

「僕の方こそありがとう。どんなにハードな一日でも、こうやって花菜が作った優しい料理を食べたら、何だか生き返るような気分になるんだ」

遼河さんは料理をひと口食べては「すごく美味しい」とにこにこしながら褒めてくれる。

彼に笑顔で褒められると、いつも幸せな気持ちが心に溢れてくる。

もっともっと、努力しようと思う瞬間だ。

(嬉しいな。遼河さんのお嫁さんになれて、本当によかった)

遼河さんは食事のお手本のように美しい所作でカトラリーを使って料理を口に運び、優雅な仕草で咀嚼しては嚥下していく。

自分の作ったものを好きな人に食べてもらう喜びは、結婚しなければ分からなかった甘美な感覚だ。

私の作ったものが彼の血や肉になる。

そのことを思えば、遼河さんや莉々花の食事に手を抜くことはできない。

特に遅い時間に食べることが多い遼河さんの夕食は、消化のいいものを選んで用意するようにしている。

「今日はどうやって過ごしたの?」

「あ、あの……。莉々花と一緒に百貨店に行ってきたんです。藤澤のお義母さんのお誕生日プレゼントを買ってきました。莉々花も一緒に選んだんですよ」

「そう言えば今週末だったな。ありがとう。きっと母さんも喜ぶよ」

遼河さんはそう言うと、カチャリと小さな音をさせてカトラリーをお皿に置いた。

今日も用意したものをすっかり平らげてもらい、心がホッと温かくなる。

その後、食器をシンクへ運んでふたりで後片付けをした。

疲れているのにこうしていつも家事を手伝ってくれる遼河さんに、感謝の気持ちでいっぱいになる。

キッチンの片付けが終わると、遼河さんはリビングのソファに腰を下ろした。

彼に向かい、私は笑顔を向ける。

「遼河さん、食後にコーヒーでも淹《い》れましょうか」

「……いや。それより花菜、ちょっとこっちへおいで」

遼河さんに呼ばれてソファに腰を下ろすと、あっと思う間もなく膝裏に手を入れられ持ち上げられて、膝の上に横抱きにされた。

彼の膝の上でまるで抱っこされているような格好になり、恥ずかしさで顔が赤くなる。

「り、遼河さん……」

「動かないで。花菜、ちょっと僕の顔を見てごらん」

「えっ、あの……？」

いきなりこんなスキンシップを仕掛けられては、まともな反応などできない。

何とか逃れようと身を捩ってみても、しっかりと回された彼の腕が余計力を増して、身動きできない。

言われた通りに首だけ動かしておずおずと遼河さんを見つめると、その蜂蜜色の瞳がにわかに鋭い光を宿す。

「花菜、本当のことを言ってごらん。今日、何があったの？」

「えっ……」

「いくら隠そうとしても僕の目は誤魔化せない。何か心配なことがあったんだろう。ちゃんと話して」

遼河さんはそう言って私を抱く手をさらに自分へ引き寄せる。

結果的にとても近い距離で見つめ合う形になり、その魔法のような眼差しに容易く捕らわれる。

遼河さんの瞳は不思議だ。

柔らかな琥珀色は普段は優しく穏やかなのに、時おり濃く揺らめいては私を追い詰める。

ふとした日常に、愛を確かめ合う夜に。

私は彼に捕らわれては、その腕の中に簡単に落ちていく。

時には支配的にすら感じる神秘的な瞳には、今は私の姿だけが映っている。

幸せな瞬間。

この瞬間だけは、私を苛むどんな不安も近寄れはしないのだ。

ずっと彼に恋をし続けている私には、この一瞬が永遠に感じられる。

それは彼に初めて会った十五歳の時から今まで、変わらない想いだ。

——永遠に、私だけを見ていて。

そんな切ない願いを秘めて彼を見つめていると、遼河さんが強い口調で言った。

抗うことを許さない、冷酷にすら思える強い眼差しに搦め捕られる。

「今日、何があった？　誰に会ったんだ」

嘘など許されないことを悟り、私は正直に答える。

「……百貨店で偶然、沢渡さんに会いました」

「沢渡……沢渡華子？」

こくりと頷くと、ゾッとするような青白い光が遼河さんの目に宿った。

「それで……何を言われた？」

「あの……」

「何？　ちゃんと言って、花菜」

遼河さんはそう言うと私を抱く手を緩め、向かい合うように膝に跨《また》がらせた。

どうしたらいいのか分からなくて視線を逸らすと、大きな手のひらが私の頬を包み込み、顔を上げられる。

強引で真剣な彼の眼差しに、呆気ないほど簡単に捕まった。

でも、沢渡さんに聞いたことは遼河さんには言いたくない。……言うのが怖い。

（もしも沢渡さんの言ったことが本当だったら……）

遼河さんが愛しているのは自分でも私でもないのだと、彼女は言った。

そして、私は『身代わり』だとも。

つまりそれは、遼河さんにとって私は、誰か他の女性の身代わりだということになる。

もちろん、彼女の言葉を信じたりはしないが、あの尊大な態度は裏を返せば何かを知っているからこそではないのか。

「花菜……僕の顔をちゃんと見て」

刺すような彼の視線に耐えきれず、私は思わず目を伏せる。

（遼河さんが他の人を……）

だめだと思っていても、暗い妄想が暴走する。

遼河さんに私の知らない、心から愛し合っていた女性がいたのだとしたら？

何らかの理由で彼女を失い、成り行きで政略結婚した私に身代わりの愛を向けているのだとしたら？

遼河さんはその人を愛したのだろうか。

優しく触れて蜜を吸い、熱く溶け合ったのだろうか。

（そんなの……嫌だ）

彼の手が私以外の女性に触れる、そんな想像が頭に浮かんだだけで、胸が切り裂かれるように痛む。

醜《みにく》い嫉妬と絶望感で、頭の中がぐちゃぐちゃになった。

「花菜……？」

私の顔を見た遼河さんの眼差しが、あっという間に色を変えた。

瞬きすると、パラパラと水滴が落ちる。

知らぬ間に溢れ出した涙は、後から後から頬を伝って流れていく。

遼河さんの指が私の涙を拭った。

ゆるゆると緩む優しいアンバー。

私を映し込む、大好きな人のきれいな瞳。

後頭部に添えた手が私を引き寄せ、顔を胸に押し当てられた。

その温もりが心地よくて、私はイヤイヤをする子供のように顔を押し付ける。

「花菜、落ち着いて。……僕の話を聞いて欲しい」

トントンと背中を叩かれながら、遼河さんの穏やかな声が頭の上に落ちてくる。

彼の手のひらが刻む振動が、規則正しく、まるで心臓の鼓動のように身体に伝わってくる。

「彼女——沢渡さんとは、十年以上前に父に紹介されたのが最初の出会いだ。彼女は父が担当している沢渡ホールディングスの当時の社長の孫娘で、どうしてもと乞われて数回食事しただけの関係だった。でも、僕を追いかけて米国の音楽大学に留学までしてきて……」

遼河さんは言葉を切ると、短く息を吐いた。

息をひそめて、私は彼の言葉に耳をそばだてる。

遼河さんは私の髪を撫でながら話を続けた。

「何度会っても僕にとってはクライアントの令嬢だったが、彼女の方は違っていたらしい。何度も好意を伝えられたが、考えるまでもなく断った。何度も何度も泣かれたけど、気持ちがない相手とは付き合えなかったからね。そんな日々が一年ほど続いた後、彼女は突然イタリア人の富豪と結婚してニューヨークを去った。それ以来、一度も会ったことはない。彼女が君に何を言ったか知らないが、それが彼女と僕とのすべてだ。僕は君を愛している。僕は君と僕たちの子供を一生命をかけて守るつもりだ。そのことだけは信じて欲しい」

遼河さんはそう言うと、深い溜め息をついた。

どうしようもない彼の切なさを感じて、胸がいっぱいになる。

彼と初めて出会った時のことが心に浮かんだ。

まだ青年だった彼の静謐《せいひつ》な眼差しと、私の手を握っていた少し臆病な指先。

病院で目覚めた時、私の目の前にいた遼河さんは今にも泣き出しそうな顔で優しく笑ってくれた。

その時、私は確信したのだ。

この人のことを、絶対に好きになると。

初めて出会った人なのに、ずっと前から知っている人のように感じた。

人に言ったら軽はずみだと呆れられてしまうかもしれないけれど、説明のできない根拠のない予感が私にはあった。

最初に遼河さんを好きになったのは私なのだ。

この結婚を受け入れたのも私。

今さら、何を迷うことがあったのだろう。

顔を上げて、遼河さんを真っ直ぐに見つめる。

涙に濡れた私を見つめる彼の眼差しが、切なげに細められた。

琥珀色の瞳が、淡い照明に優しく溶ける。

遼河さんを信じよう。これから先、どんなことがあっても。

「私、遼河さんが好きです」

「花菜……」

「好きです。遼河さんだけが好き。……愛してる」

心に溢れた言葉を吐き出すと、優しく顎を取られて長い指に唇を撫でられた。

我慢できずに開いた唇は、抗う間もなく彼の唇に飲み込まれてしまう。

とろりと忍び込んだ柔らかな舌が、息もつかせぬほどに私を搦め捕った。

味わっては離れ、また捕まえられて——何度も繰り返される甘い蜜のような口付けに、胸の鼓動が限界まで高められていく。

「花菜、愛してる。ずっと……君だけだ」

もっともっと強い絆が欲しくて、唇が離れたわずかな隙間も我慢できない。

ねだるように唇を探すと、またすぐに濃密な口付けが与えられる。

「花菜……欲しい」

悲しみも不安も、遼河さんに触れていれば消え去ってしまう。

繋がり合う、この一瞬だけは。

彼を信じる気持ちだけを頼りに、ただひた向きに彼だけを求める長い情熱の夜が更けていった。

隠された手紙と真実

百貨店で沢渡さんに会った数日後の週末、私たちはお義母さんの誕生日を祝うために家族で遼河さんの実家へとやってきた。

藤澤家は代々国会議員を務めた、代議士の家系だ。

お義父さんの代でその系譜は絶たれたが、今でも派閥の勧誘はあとを絶たないらしい。

遼河さんの運転する車は坂道を上り、立派な邸宅が立ち並ぶ高級住宅街を走り抜けてひときわ高い位置にある鉄製の門をくぐる。

緩やかなカーブを描くスロープを上りきると、玄関の前には私たちの到着を待っていてくれる遼河さんの両親の姿があった。

「いらっしゃい！　待っていたのよ。あら～莉々花ちゃんはまた大きくなったのね」

「お義母さん、今日はお誕生日おめでとうございます」

「花菜ちゃん、ありがとう。来てくれて嬉しいわ。さ、入ってちょうだい」

お義母さんに誘われて家に入ると、リビングにはすでに昼食の準備が整っている。

ちらしずしやローストビーフ、唐揚げやポテトサラダなど、まるで子供のお誕生日会のようなメニューがずらりと広いダイニングテーブルに並び、その真ん中には大きなバースデーケーキが鎮座していた。

「わぁ、美味しそう！」

温かなお義母さんの手作りの料理を見ると、何だか懐かしい気分になる。

私たちがまだ幼かった頃には、この家でたびたびホームパーティが開かれたものだ。まだ若かった互いの両親と兄と私は、ここで美味しいものをたくさん食べたり、手入れの行き届いた芝生の庭で走り回って遊んだものだった。

まるで子供の頃に戻ったような気分になり、自然に笑顔が零れる。

「母さん、これ」

遼河さんが用意してきたサーモンピンクの薔薇の花束を渡すと、お義母さんの顔がぱっと明るくなった。

「ありがとう。きれいな薔薇。嬉しいわ」

お義母さんは嬉しそうに微笑み、私と遼河さんを見比べながら言う。

「それに素敵な色ね。私、この色の薔薇が大好きなのよ」

「花は花菜が選んでくれたんだ。母さんがその色が好きだからって」

「やっぱり！　花菜ちゃんとは昔から趣味が合うの。子供の頃からここへよく遊びに来てくれていたから、庭に植える薔薇の花も花菜ちゃんと一緒に選んだりしたのよ。……ね、覚えてる？」

「はい。お義母さんにはお花の名前もたくさん教えていただきました。クリスマス・ローズが薔薇じゃないことも、このお庭で初めて知ったんです」

そう答えると、お義母さんは今にも泣き出しそうな顔で私をじっと見つめ、そっとハグをしてくれる。

「今も昔も、あなたは大切な私たちの家族よ。私、あなたが遼河のお嫁さんになってくれて本当に嬉しいの。それにこんなに可愛い孫まで……ありがとう、花菜ちゃん」

「お義母さん……」

感極まってハンカチで涙を拭くお義母さんを、お義父さんが優しく見つめている。

みんなの優しさが溢れたお義母さんの誕生日に、私の心も幸せな気持ちでいっぱいになった。

昼食が始まると、「花菜ちゃんはゆっくりごちそうを食べてね」と遼河さんの両親が莉々花に食事を食べさせてくれた。

莉々花はお義父さんとお義母さんの膝の上に順番に座らせてもらい、あれやこれやと世話を焼かれている。

まるでお姫様のような扱われように、遼河さんが呆れて目を細めた。

「ジジ馬鹿とババ馬鹿丸出しだな」

「こんなに可愛がってもらえて、莉々花は幸せ者です」

「僕がひとりっ子だから、なおさら可愛いんだろう」

莉々花はおじいちゃんとおばあちゃんの腕に抱かれながら、ご機嫌でごちそうを食べている。

こんなに小さな莉々花にも、きっと自分を愛してくれる人のことが分かるのだろう。

お義母さん手作りの料理を堪能してお腹が満たされると、今度はバースデーケーキのろうそくに火を灯して、みんなでハッピーバースデーを歌った。

お義母さんの息でろうそくが吹き消されると、パチパチという拍手と共にじんわりとした幸せがみんなの心に訪れる。

莉々花にもそれが分かるのか、お義母さんの膝の上でにこにこしている。

「ばーば、とぅ」

「ばぁばにお祝いを言ってくれるの？　莉々花ちゃん、ありがとうね」

「どーと」

用意してきたプレゼントも、莉々花が上手にお義母さん渡してくれた。

満面の笑みで包みを開けたお義母さんに、またぱぁっと明るい笑顔が浮かぶ。

「まぁ、可愛い。ありがとう。すごく素敵ね」

「莉々花と一緒に選んだんです。莉々花も、これが気に入ったみたいで」

「そう。莉々花ちゃんが選んでくれたの。……大事にするわね」

お義母さんはそう言うと、またハンカチで涙を拭う。

「母さん、あんまり泣くと花菜ちゃんや莉々花が心配するぞ」

見兼ねたお義父さんが、そっとお義母さんの背中をさすっている。

するとお義母さんの側にいた莉々花が、そっと手を伸ばしてお義母さんの頬の辺りを手で撫でた。

お義母さんを慰めようとしている莉々花の気持ちが伝わり、今度はお義父さんの目にも光るものが現れる。

「何だよ、父さんまで。まだ老け込んでもらっちゃ困るんだけどな」

「いや……。こんな幸せが待っているなら、人生も悪くないと思ってね」

お義父さんは照れくさそうに笑って、遼河さんは少し無口になって。

きっとこんな風に小さな幸せを積み重ねていくのが、家族というものなのだろう。

莉々花を抱っこしたお義母さんとお義父さんがそっと私たちの傍らに寄り添う。

「遼河、花菜ちゃん、今日は本当にありがとうね」

ふたりの優しい眼差しに包まれて、心が温かくなると同時に、感謝の気持ちでいっぱいになる
父のために私との結婚を提案してくれた遼河さんや両親に、これから私ができる精一杯の感謝を伝えていきたい。

(遼河さんも遼河さんのご両親も、こんなに私を大切にしてくれる。……私ももっとしっかりしなきゃ)

そう心に決め、私は大切な人との時間を噛みしめるのだった。


切り分けたケーキをみんなで楽しむと、遼河さんとお義父さんは仕事の打ち合わせをするために書斎へ行ってしまった。

その間、莉々花と私はお義母さんと一緒に広い庭を散歩することにした。

今はきっと、お義母さん自慢の薔薇が見頃のはずだ。

そう思ってイングリッシュ・ガーデンに仕立てた小路を曲がると、思った通り芳し

い薔薇の香りに迎えられる。

「……きれい」

「花菜ちゃん、昔から薔薇が好きだったものね。少し持って帰って」

そう言ってお義母さんは、開きかけたばかりの蕾を何本か切ってくれる。

目を輝かせて触ろうとする莉々花には、慌てて「だめよ」と言って遠ざけた。

「後で棘《とげ》を取ってから。ね」

「あう……」

つまらなさそうにする莉々花に、お義母さんは側に咲いていたマーガレットを何本か切って渡してくれる。

莉々花は嬉しそうに、花をお日様にかざしている。

今日の莉々花は、よそ行きの薄い水色のワンピース姿だ。

ふわりと膨らんだ袖とスカート、襟にはウサギと白い花の刺繍が施されているワンピースは、小さな女の子だけに似合うキュンとするような可愛らしさに満ちている。

莉々花は襟に描かれた花がお義母さんに貰った花と同じだと言わんばかりに、目をキラキラさせながらしきりに何かを訴えている。

うん、うん、と相槌を打ってくれていたお義母さんが、よっこいしょ、と笑いながら莉々花を抱き上げてくれた。

「莉々花ちゃんもお花が好きなのね。それじゃ、もう少し大きくなったら、きっとここがいい遊び場所になるわ。花菜ちゃんみたいに」

「はい。莉々花とお義母さんと三人で、またここでお花を育てるのが楽しみです」

私の脳裏に、ここで過ごした幼い頃の思い出が浮かぶ。

みんなで鬼ごっこやかくれんぼをしたことも思い出し、幸福な気持ちに笑顔が零れた。

お義母さんも私と同じようにしばらく穏やかな微笑みを浮かべていたけれど、やがて何か別のことに思いが巡ったのか、ふと悲しげな表情を浮かべる。

「……お義母さん？」

心配になって顔を覗き込むと、お義母さんはハッとしたように顔を上げ、またいつもの優しい笑顔を浮かべた。

「それにしても、莉々花ちゃんは本当に遼河の小さい頃に似てるわね」

「えっ、そうなんですか」

「ええ。本当に瓜ふたつって、こういうことを言うのね」

そう言って、お義母さんはしみじみと莉々花を見つめる。

たくさん遊んで汗ばんだ色素の薄い髪はくるんとカールし、たくさん食べてくれる離乳食のお蔭でほっぺたも身体もプクプクと丸い。

一見、健康優良児風の莉々花だが、元々の顔立ちは遼河さんに似てわが子ながら整っている。

そのせいか、スーパーへ買い物に行くと必ず年配の方に話しかけてもらえ、試食のお菓子もおまけしてもらえる人気者だ。

その話をすると、お義母さんは納得したように何度も頷いた。

「遼河もお買い物へ連れていくと、よく通りすがりのおじいちゃんやおばあちゃんに話しかけてもらえたの。本当に、とても可愛い赤ちゃんだったのよ」

「そうなんですか。……見てみたいな」

「それじゃ、後でアルバムを見せてあげる。……そろそろ戻りましょうか。莉々花ちゃんも汗びっしょりだし、お着替えしましょうね」

お義母さんは私に笑顔を向けると、莉々花を抱いて庭を後にする。

私もその背中に続いて、家に向かった。

三人でリビングに戻り、莉々花の汗を拭いて着替えをさせていると、お義母さんが冷たい飲み物を持ってきてくれた。

私にはお手製のジンジャーエール、莉々花には苺水だ。

「お義母さん、これ、すごく美味しいです」

隣を見ると莉々花も一息に飲んでしまって、さらにお義母さんに向かって空のコップを差し出し、おかわりのアピールをしている。

「あら、もう飲んじゃった。おかわりをあげてもいい？　かなり水で薄めているから、たくさん飲んでも大丈夫だと思うわ。花菜ちゃんにも、おかわり用意するわね」

莉々花に負けず一息に飲み干してしまった私のグラスに気づき、お義母さんがおかわりを用意してくれる。

「この苺シロップ、苺ジャムを作る時に少しだけ避けておいたのよ。花菜ちゃんたちが子供の頃にもよく作ったわね。特に優くんが大好きで」

「はい。覚えてます。すごく美味しくて、いつもおかわりして」

「あの頃はここで、よくバーベキューをしたわね。その後には家でかくれんぼをして。花菜ちゃんが小さかった頃、隠れたまま寝ちゃって、みんなで探したこともあったわ」

お義母さんは一瞬遠い目をしてそう言うと、すぐにまた笑顔を浮かべる。

「苺ジャム、今年もたくさん作ったから、持って帰ってね」

「はい。莉々花も遼河さんも喜びます」

お義母さんは優しく頷くと、氷いっぱいのグラスに注いだジンジャーエールをひとくち口にする。

（そうだ。すっかり忘れていたけど、ここでのかくれんぼ、本当に楽しかったな）

この広い洋館全体を使ってのかくれんぼは、幼い私たちにとってわくわくするようなスリルいっぱいの遊びだった。

高い天井からつりさげられたビロードのカーテンの陰や、お義父さんの書斎の本棚の中、らせん状の階段下に設けられた物置など、まだ身体が小さな私たちが身を隠す場所が、この家にはたくさんあるからだ。

けれどさっきお義母さんが言っていた、私が眠り込んでしまった事件は、うっすらとは覚えているものの、鮮明な記憶は残っていない。

（本当に私、ここでのびのび遊ばせてもらっていたんだなぁ）

私の中のここでの記憶は、まだほんの小さな頃の、漠然としたものでしかない。

よくは覚えていないけれど、中学生になった頃からは、あまり家族ぐるみでの集まりはなくなった気がする。

それに、私には遼河さんと遊んだ記憶もまったくないのだ。八つも年上の遼河さんは、きっと子供だった私たちとはあまり親しく遊ばなかったのだろう。

「莉々花ちゃん、お昼寝しそうね」

フッと我に返ると、莉々花がお義母さんの腕に抱かれてうとうとしているのが目に入った。

安心しきった莉々花の顔に、彼女にまたひとつ大切な居場所ができたことを実感する。

家族に守られて力を蓄え、元気に生きていける女の子になればいいと心から思う。

「花菜ちゃん、遼河のアルバム、見る？」

莉々花を起こさないよう声をひそめたお義母さんにそう言われて、そっと耳を近づけた。まるで内緒話をする小学生のような感じだ。

「遼河の部屋の本棚に、赤ちゃんの頃のアルバムがあるの。緑色の、ベルベッドの表紙のアルバムよ。取ってきてくれる？」

「でも、私が勝手に入っていいんでしょうか」

これまでも遼河さんの部屋に入ったことはあるけれど、それはいつも遼河さんと一緒にいる時だ。

いくら結婚しているとはいえ、子供の頃から彼が使っているプライベートな空間に無断で入るのは、何だか気が引ける。

そう心配する私に、お義母さんは悪戯っぽく笑った。

「遼河があなたに許さないことなんて、世界にひとつもないでしょう?」

幅の広いらせん階段を上り、二階に上がった。

来客用の寝室とお義父さんの書斎を通り過ぎ、突き当りにある部屋が、遼河さんが子供の頃から使っていた部屋だ。

(いいのかな。……何だか緊張する)

怖々とドアを開け、そっと中に入る。

遼河さんの部屋は南側にある広い窓と、反対側の壁面全部を本棚にした造りになっている。

窓際にはシングルベッド、その横にシンプルで機能的なデスク。

遼河さんがここに居たのは大学卒業までだから、そう思うとずいぶん大人びた部屋だと思う。

ほどよい感じで片付いた居心地のいい空間は、隙がないほど片付いてもいないし、雑然ともしていない。

本棚に並べられた本にしても、無造作に置かれているように見えて、よくよく見れば独特の視点で分類がされているのが分かる。

よく使うもの、あまり使わないが詳細に情報が記載されているもの、時代に関係なく保存しておくものなど、遼河さんの価値観がそこここに表れていることに気づき、その息遣いに、胸がどきどきと音を立てた。

(ここで遼河さんが眠ったり勉強していたと思ったら、何だか緊張しちゃう……)

私が遼河さんに初めて会ったのは、ちょうど彼が大学を卒業した頃だ。

そう考えると、ここは私の知らない遼河さんが過ごした場所。

今の彼を育んだとも言える貴重な空間だ。

(遼河さん、どんな学生時代を送ったんだろう)

もちろん莉々花にそっくりだという赤ちゃんの頃も見てみたいけれど、きっとイケメンだったに違いない中学や高校時代の彼のことも気に掛かる。

外見だけでなく、どんな本を読んでいたとか、どんな映画が好きだったとか。

それにもちろん、どんな女の子が好きだったかも。

何だかいけないことをしている気分になりながら、私は本棚に並べられたたくさんの本に視線を向ける。

(この辺りは、勉強の本かな)

デスクから手が届きそうな場所には、ずらりと分厚い法律関係の本が並んでいる。

整然と並んだ難しそうな本の隣には、語学関係の本。

そのほとんどは英語だが、中には中国語やフランス語の本も混じっている。

(遼河さん、語学は独学だって言ってたけど、学生の頃から努力してたんだ……)

遼河さんは法学部に在学していた三年生の時に日本の司法試験に合格し、その後はニューヨークのロースクールに留学するための準備を進めていたと聞く。

これから増え続けるであろう海外企業の日本法人をクライアントとして得るため、お義父さんや父から留学のアドバイスがあったと聞いたのは、つい最近のことだ。

『語学では苦労したけど、あの時の経験があるから今は何があっても乗り越えられる』

と遼河さんは言っていたけれど、何もかもスマートにこなしてしまう彼の人知れぬ努力を改めて垣間見た気がして、頼もしさに心がジンと熱くなる。

語学だけでなく、私との生活においても遼河さんは日々歩み寄り努力してくれている。

そうでなければ、パートナー弁護士としての激務の中で、あんなにも莉々花や私と触れ合う時間は取れないだろう。

この部屋で培われた彼の誠実さや強さを肌で感じ、私の心にまた深い憧憬の気持ちが沸き起こる。

(でももうこれ以上、勝手な詮索をするのは止めよう)

遼河さんとお義父さんの打ち合わせが終わったら、改めて一緒にこの部屋を見せてもらおう。

そう思い、お義母さんに言われたアルバムを探す。

あちらこちらに視線を走らせると、本棚の端の方に卒業アルバムや文集など、それらしいものが集められた一角が見つかった。

この辺りかと目を凝らして背表紙を見ていると、一冊の本の上で視線が止まる。

(あれ、この本……)

見覚えのあるタイトルに、私の手が無意識に伸びる。

美しい色彩がひときわ目立つ絵本は、海外の作者の手によって描かれた有名なものだ。

私もとても気に入っている一冊で、幼い頃に買ってもらって以来、ずっと大切に何度も読んだ記憶がある。

今も恐らく実家の私の部屋にあるはずだが、莉々花にも読ませたくて生まれる前から新しいものを買っておいたほどのお気に入りだ。

（遼河さんもこの本を持っていたなんて……）

彼を培ったこの本棚の中に、たった一冊だけでも自分に通じるものがあることが嬉しい。そう思い、懐かしい絵本をめくる。

すると間に挟まっていたのか、何かが床に落ちた。私は慌てて、身体を屈めて拾い上げる。

（これは……手紙……？）

それは四角く折り畳まれた便箋のようだった。

元は白かったであろう紙が黄ばんでいることから、年月を経ていることが分かる。

しかし何より私の目を引いたのは、その便箋を所々汚している黒い染みだった。

液体が浸み込んでできたことが窺える黒ずみは、見るからに不吉な様相だ。その異様さに、身体の奥から言い知れぬ恐れが浮かび上がった。

（これって……もしかして……血？）

そのおどろおどろしさは、私の手の中にある美しい絵本とはおおよそ無縁のものだ。

いったいこの手紙は、遼河さんとどんな関係があるのだろう。

目に見えない何かに誘われて折り畳まれた手紙を見ようとした時、背後に誰かの気配を感じた。

「花菜。こんなところで何しているの」

振り向くとそこには遼河さんがいる。

「あの……お義母さんがアルバムを見せてくれるっておっしゃって。莉々花と遼河さんの赤ちゃんの頃がそっくりだからって」

ドキドキと高まる鼓動を隠しながら、私はそっと手紙を元の場所へ戻す。

「アルバムなら、こっちにあるよ」

遼河さんは静かに私に近寄ると、本棚から深緑色のアルバムを取り出した。

そして何枚かページを繰ると、少し困ったように笑う。

「確かに莉々花は僕に似ているけど、君にだってそっくりだ。とても愛らしくて頼りないのに、好奇心いっぱいで時々思いもよらない行動をする。だから僕は、いつも君たちから目が離せない」

「遼河さん……」

「母が下で呼んでる。花菜が好きなチョコレートのお菓子があるから、またお茶にしようって。まったく、父も母もすっかり君と莉々花の虜《とりこ》だよ」

遼河さんはそう言うと、柔らかな笑顔を残して部屋を出ていく。

絵本をそっと元に戻し、私も彼の後に続いた。

遼河さんの実家を訪れてから一週間ほど経ったある日、久しぶりに兄から連絡があった。

「花菜、何も変わったことはないか」

電話の向こうから聞こえる兄の声は、いつもより何だか深刻な感じだ。

いぶかしく思いながらも、私は明るく返事を返す。

「特に何もないよ。莉々花も元気だし、遼河さんは忙しそうだけど、変わらず優しいし」

最近の遼河さんは、担当しているクライアントにトラブルが起こった関係で、いつも以上に多忙な毎日を送っている。

時には帰宅が御前様になることもあり、身体を壊さないかと少し心配だ。

文字通り食事をする暇もないほど業務に追われる毎日なので、外出のない日にはお弁当を持っていってもらっている。

もちろん秘書の桜井《さくらい》さんも気遣ってはくれるけれど、『何を買ってきても食べないのが心配だ。奥様のお弁当なら食べるかも』との彼女の助言で、急遽お弁当を作ることになった。

桜井さんと私は年も近く、働いていた時の同僚でもあるので連絡を取りやすく、とても助かっている。

近況を報告する私に兄は短く「そうか」と言った後、しばらく思案するように沈黙した。

言葉が続かない兄に、我慢できずに言葉を掛ける。

「お兄ちゃん、どうしたの？　もしかして何かあった？」

「花菜、お前、今日ちょっと時間取れる？」

「えっ……」

兄の深刻な口調に、心臓がドキリと大きな音を立てる。

「もしかしてお母さんに何かあった？」

「そうじゃないけど、ちょっと気になることがあって」

「何？　それなら、今話してよ」

思わずそう詰め寄ったが、兄は「会ってから話す」と言って聞かず、時間と場所を指定して電話を切ってしまった。

後味の悪い通話に、もやもやと胸の内が曇っていく。

（お兄ちゃん、いったい何の話だろ……）

心もとない気持ちを抑え、私は急いで支度をして家を出た。

莉々花を連れて電車を乗り継ぎ、指定した待ち合わせ場所にたどり着くと、スマートフォンを手に兄を待つ。

しかし、約束の時間を過ぎても兄は現れない。三十分ほどが過ぎ、私はベビーカーの中で退屈そうにしている莉々花に声を掛ける。

「優おじちゃん、遅いね」

「ゆーう、ちゃっ」

「おじちゃんが来たら、お詫びにおもちゃを買ってもらおう」

するとその時、スマートフォンから着信を知らせる振動が伝わった。

慌ててタップすると、少し低い兄の声が聞こえる。

「お兄ちゃん、今どこ。遅いよ」

そう非難する私に、兄は淡々とした口調で言葉を続ける。

「悪いけど、場所を変更して」

「えっ……。いいけど、どうして」

「いいから。そこから横断歩道を渡って、隣にあるホテルのロビーに移動して」

兄はそう言い残すと、また通話を切ってしまった。

（お兄ちゃんたら、いったいどういうつもりなの）

身勝手な兄の行動に怒りを抑えつつ、莉々花の乗ったベビーカーを移動させて隣に立つホテルのロビーへと向かう。

最近新しくオープンしたホテルは、平日の昼間とはいえ多くの人たちで賑わっている。

ドアマンに扉を開けてもらい、フロント前のソファで待っていると、また兄から着信があった。

「お兄ちゃん、どこにいるの？　もうホテルのロビーにいるよ」

「分かってる。花菜、次はエレベーターに乗って今から言う部屋に行って。チャイムを鳴らせば、中に入れるから」

兄はそう言うと、四ケタの部屋番号を口にした。

意表を突いた兄の言動に、さすがに違和感が募る。

「お兄ちゃん、ここに泊まってるの？　どうしてホテルになんて。それに、だったら最初からそう言ってくれればいいじゃない」

思わず抗議の言葉を口にしたけれど、またしても一方的に通話が切れてしまう。

訳の分からない兄の行動に腹が立ったが、取り敢えずは言う通りにするしかない。

私はベビーカーを押してエレベーターに乗り、目的の階へ向かう。

部屋のチャイムを鳴らすと、何故か出てきたのは母だ。

「お母さん？　どうして!?」

驚く私に、母はきょとんとした顔をして言う。

「えっ、今日は優のプレゼントでここへ泊まるんでしょ？」


それから約一時間後。

アフタヌーンティの美味しそうな料理が並んだテーブルを前に、母と莉々花がきゃっきゃと笑いながら食事を楽しんでいる。

そんなふたりを眺めながら、私は部屋の隅で兄に声をひそめて言った。

「お兄ちゃん、何でこんな手の込んだこと……」

兄は憤慨する私を手で制し、少し離れた場所で食事を楽しむ母と莉々花を窺いながら言った。

「敵を騙すにはまずは味方からって言うだろ」

「敵って……」

「驚かずに聞けよ？　お前、尾行されてた。マンションからこのホテルまでずっと」

兄の言葉に、私は思わず絶句する。

が、すぐに気を取り直し、兄に詰め寄った。

「お兄ちゃん、冗談やめてよ。そんなわけないでしょ。ドラマじゃあるまいし」

「冗談じゃないよ。だって俺、今日はお前の尾行をずっと尾行してたんだから」

「えっ……」

「信じられない？　じゃあこれ、見てみろよ」

兄はそう言うと、スマートフォンを操作して画像を表示させた。

見るとその画像の奥の方には、ベビーカーを押す私の姿が映っている。

「お兄ちゃん、これ……」

「この手前の女の人。見覚えあるだろ」

「あっ……」

私たちをじっと見つめるすらりとした後姿は、紛れもなく沢渡さん本人だ。

言葉を失って呆然としていると、兄は深刻な表情でフッと溜め息をつく。

「この間、お前に聞いたことが気になって少し調べたんだ。そうしたら、思いの外色んなことが分かってさ」

「色んなことって？」

「うん。まず俺は、リゾートホテルの山の中でお前が見た女が、本当に沢渡さんかどうかを調べようと思った。それが気のせいなら、何も問題ないだろ」

兄はそう言うと、ベッドに腰掛ける。続いて私も横に座ると、また話を続けた。

「あのホテルは人里離れた場所にあるから、交通手段は車しかないんだ。調べたら沢渡さんは免許を持っていないみたいだから、ホテルに行くには送迎バスかタクシーを使うしかない。たぶんバスは使わないから現地のタクシー会社を当たったら、帰りに乗せたのを覚えている人がいた」

兄はそう言うと、ポケットから出した手帳を広げる。

「お前と遼河さんがチェックインした翌日の午後に、タクシーが赤いコートを着た女性を東京まで送った履歴が残っている。それで念のために調べたら、ちょっと怖いことが分かってさ」

兄はそう言うと、細かく記述がされた手帳を私の前に押しやる。

見ると、タクシー運転手から聞き取った詳細な記録が、時系列で記《しる》されている。

「お兄ちゃん、これ……」

「うん。あの日、お前と遼河さんがたどった道筋とまったく同じルートを、お前が中津川先生と会ったホテルからタクシーに乗って移動した女性客がいる。長距離だから運転手がはっきり覚えてた」

兄の手帳には、最初に遼河さんが連れていってくれた湖の見えるレストランや、途中でお土産を買うために寄った店、そして森のホテルまで私たちがたどった道筋が、寸分たがわず記されている。

背筋に寒いものが走り、どくどくと心臓が嫌な鼓動を刻んでいる。

「花菜、大丈夫か？」

兄は心配げに私の耳元で囁くと、ちらりと母の方に視線を向ける。

相変わらず楽しげに食事を楽しむ母と莉々花に、私はハッと我に返った。

（お母さんと莉々花に心配はさせられない。もっとしっかりしなくちゃ）

表情を引きしめた私を確認し、兄が続けた。

「沢渡さん——沢渡華子のことも調べた。これから言うことはちょっとお前には不快かもしれないけど、こうなったらもう隠せないから話すぞ。沢渡華子は昔、遼河さんに好意を抱いていた。それもかなりの入れ込みようで、遼河さんがニューヨークに留学した後、自分も後を追いかけて同じ場所に留学した。周囲には、遼河さんと結婚して一緒になると吹聴していたらしい」

兄の言葉に、私は黙って頷いた。

その話は遼河さんの口からも聞いている。

兄は私の目を見て頷くと、先を続けた。

「沢渡華子はその後も遼河さんに何度も思いの丈を伝えたが、まったく相手にされなかったそうだ。それでも彼女は諦めなかった。今は亡き当時沢渡の会長だった祖父に泣きついたり、遼河さんの住むアパートの前で待ち伏せたりして遼河さんに結婚を迫ったらしい。そんな生活が一年ほど続いた後、彼女は突然イタリア人の富豪と結婚した。大学も辞めてイタリアに移住し、この十年一度も日本に帰ってこなかった。それが今になってまた突然離婚をして、日本に帰国した」

「どうして……どうして沢渡さんは急に離婚して日本に帰ってきたのかしら」

「そこまでは分からないけど。でも、彼女の動向には、藤澤のおじさんも警戒しているんだ。最近、亡き会長の奥さんが亡くなってね。もうずいぶん長い間施設に入っていたから経営には携わっていなかったんだけど、亡くなった後、彼女が遺言状を遺していたことが分かった。そこには、自分の持ち株を孫娘である沢渡華子にすべて譲ると書いてあったらしい。寝耳に水の事態に、沢渡は今大変な騒ぎになってる。遼河さんが忙しいのもそのせいだ」

兄の言葉に、私の胸に不安が沸き起こった。

沢渡さんの不可解な行動、そして沢渡ホールディングスの混乱など、何だか一度に色々なことが起こりすぎている。

そのどれもに、沢渡華子という人が関わっているのだ。

彼女の底知れぬ情念を感じ、私はゾクリと身を震わせた。

兄はそんな私の背中に手を添え、そっと撫でてくれる。

「大丈夫。お前にはあの遼河さんが付いてるんだぞ。それに、微力ながら俺だっている」

兄はそう言って笑うと、そっと手帳を閉じた。

「ホテルの森でのつきまとい、それに今日のつきまとい。最初の件については証拠が弱いけど、今日の件に関してはギリギリ証拠が取れた。沢渡華子は人を使ってお前を見張らせ、お前に動きがあれば途中で尾行に加わってる。今日はこの部屋までついてきてたから、監視カメラにはしっかり映ってるだろうな。ストーカー行為として立派に成立するだろう」

兄はそう言うと、私の頭をポンポンと撫でてくれる。

「だけど相手はまがりなりにも沢渡ホールディングスの身内だ。もう少し情報を集めて対処するから、しばらくは用心して過ごすんだぞ。遼河さんにはもう少し証拠を固めて俺から話すよ。今、おじさんも遼河さんも、本当に大変だから」

「うん。分かった」

私が頷くと、兄は笑顔で立ち上がり、母と莉々花の下へ歩み寄る。

「莉々花、いっぱい食べたか」

「ちっち」

「そうか。美味しかったか。よかったな」

兄に抱き上げられ、莉々花が笑っている。その姿を見る母にも笑顔が溢れ、その幸せな光景に胸がいっぱいになった。

この幸せが、いつまでも続きますように。
心の中でそう呟きながら、私はみんなの下へと駆け寄るのだった。

魔女の審判

兄と話してから、数日が経った。

相変わらず遼河さんは仕事に忙殺され、夜遅く帰宅して私たちが目を覚ます前に出勤する日々が続いている。

今日も私が目覚めた時にはすでに彼の姿はなく、抜け殻のようなベッドにしょんぼりと胸が萎んでしまう。

（だめだ。もっとしっかりしなくちゃ）

そう気を取り直すと、まだぐっすり眠っている莉々花の髪を撫で、寝室を出た。

リビングに足を踏み入れると、昨夜テーブルの上に用意しておいた遼河さんの朝食がきれいになくなっているのが目に入る。

洗いかごにはきちんと洗われた食器が並んでおり、彼が料理を食べてくれたのだと、温かな気分になった。

（よかった。食べてくれたんだ……）

兄に聞いた通り、今、沢渡ホールディングスでは経営権を巡っての凄絶な争いが繰り広げられている。

十年前、役員の座から下ろされた現社長の弟が、亡くなった母親の株をすべて引きついだ娘を担ぎ上げて代表権を奪おうと画策しているのだ。

この骨肉の争いを報じる週刊誌が今一番問題にしているのは、次期社長の候補として名高い、現社長の長男のスキャンダルだ。

複数のゴシップ誌が彼の不実な女性関係を連日報道し、株主の中には不信感を露にする人も少なくないらしい。

実際の社長やその息子は誠実で実直な人物で、狡猾な弟やその家族とは比べるまでもない。

お義父さんや遼河さんは現社長の立場を守るために奔走しているけれど、いったん傾いた世論はそう簡単には元に戻らない。

向こうが臨時の株主総会を開く前に何とか事態を収拾しなければ、社長の座を奪われてしまう可能性だってあるのだ。

きれいに片付いたシンクの前に立ち、私はフッと溜め息をつく。

先日聞いた兄の衝撃的な話の内容を、正直なところまだ上手く受け止めきれない。

兄はあの後すぐに警察に不審者の通報をし、マンションの周囲を警察官が巡回してくれるようになったが、それでも外へ買い物に出るのは少し怖い。

誰かに見張られているような気がしてならないのだ。

今でも遼河さんに報告できていないことが気がかりだったけれど、連日ワイドショーで報道される内容を見れば、兄の判断が間違っていないことが分かる。

クライアントの利益を守るために、遼河さんは必死で戦っているのだ。

私のために多忙な彼を煩《わずら》わすことはできない。

それに治安の悪い外国ではなく、ここは日本だ。

人気のない場所にさえ行かなければ、そう危険な目にはあわないだろう。

ふと気づくと、目を覚ました莉々花がリビングの入り口に立っていた。昨夜は夜泣きした時に私の隣に寝かせたから、ひとりでベッドから降りてきたのだろう。

お気に入りのクマのぬいぐるみを持ったまだ寝ぼけ顔の莉々花を抱き上げ、笑顔を向ける。

「おはよう。莉々花、朝ごはんにしようか」

「……ぱーぱ、ぱぱ」

「パパはお仕事で忙しいの。だから莉々花はママと一緒に、いい子で待っててようね」

私の言葉に、莉々花が悲しそうに顔を歪めた。

泣き出しそうな莉々花の柔らかな身体を、ギュッと抱きしめる。

寂しくて寂しくて、本当は私の方が泣いてしまいそうだった。

彼がいない。

触れられない。

身も心も、空っぽになってしまった気分だ。

するとその時、何かを見つけた莉々花が突然足をばたつかせた。

「まま、ままっ」

「莉々花、どうしたの？」

「ぱぱ、ぱーぱっ……」

床に下ろすと、バタバタとソファの方へ走っていく。

そしてちょこんと並んで置かれていた、見慣れない小さな靴を手に取った。

「くっく」

可愛らしい靴を手に、莉々花が嬉しそうに笑っている。

最近の莉々花は、本当にあんよが上手になった。

今はまだ赤ちゃんが履く柔らかな靴だけれど、もうそろそろちゃんとした靴を履いてもいい時期だ。

少し前、そう遼河さんと何気なく話をしたことを思い出す。

「くっく、ぱぱ」

「そうだね。パパが買ってくれたんだね。すごく可愛いね」

抱っこして靴を履かせると、薄い水色の靴は莉々花にとてもよく似合った。

きゃっきゃとはしゃぎながら走り回る莉々花を、嬉しさで胸がいっぱいになりながら見つめる。

食事の時間すら惜しんで戦っている遼河さんが、莉々花の靴を買うのにどれほどの努力をしただろう。

きっと自分の何かを犠牲にして、娘が一番最初に履く靴を選んだのだろう。

彼の深い愛情に包まれている自分たちを実感し、胸が苦しくなる。

こんなに深い彼の愛に、私は応えることができているのだろうか。

(どうか遼河さんやお義父さんが無事に仕事を終えられますように……)

そう祈りながら、私はリビングを走り回る大切な私たちの天使を見つめ続けた。

その日の午後、新しい靴を履いてすっかりご機嫌になった莉々花にねだられて、私は近くの公園へと出かけた。

ベビーカーを押しながらマンションを出ると、ちょうど巡回していた警察の人とすれ違う。

こうして制服姿のお巡りさんがいてくれるだけで、ずいぶん心強く感じる。

公園まではわずか十分ほど。

お天気がいいせいか、園内にはたくさんの親子連れが遊びに来ている。

何組か顔見知りの親子もいて、月齢の近い子たちと仲良く遊んだ。

たっぷり動いて汗を流し、そろそろお昼寝をする時間になってみんなと別れると、私は莉々花をベビーカーに乗せて公園に隣接された花壇を散歩する。

ここ数日部屋に閉じこもっていたから、陽の光が心地いい。

十分ほど歩いていると、ベビーカーの中の莉々花がすやすやと安らかな寝息を立て始めた。

ベビーカーの日よけを下げ、花の香りがするベンチに腰掛ける。

久しぶりの安らかな午後に、心がゆったりと解けていく。

花壇には色とりどりの花が咲き乱れ、鳥のさえずりが心地いい。

目を閉じ、顔を上げると、まぶたの裏にオレンジ色の陽射しが降り注ぐ。

「こんにちは」

不意に低い声が響いた瞬間、さっとまぶたのオレンジ色が消えた。

ハッとして目を開けると、そこには沢渡さんが立っている。

反射的にベビーカーを引き寄せ、キッと彼女を見上げた。

「いやだわ。そんなに警戒しないで」

沢渡さんはうっすらと笑いながら、揶揄するように私を見下ろしている。

「何かご用ですか」

「そうね。用がなければ会いになんて来ないわ。私、あなたが嫌いだもの」

そう言うと、彼女はさっと笑顔を消して私の隣に座った。

ベビーカーを遠ざけながら、私は強い視線を彼女に向ける。

「もう私たちには近寄らないでください」

「そうね。私も本当は、あなたになんて近寄りたくないの。あなたたちが私と遼河さんの前から消えてくれれば、もう関わったりしないわ」

彼女の言葉に、ひやりと心が冷たくなる。

いったい沢渡さんの望みは何だろう。

彼女と遼河さんの関係は、十年前にいったん終わったはずだ。

それに私たちには莉々花だっている。

十年という月日をなかったことになど、簡単にできるはずもないのだ。

「あなたと遼河さんのことは、私も聞いています。でももう終わったことです。あなたも、一度は納得して、他の人と結婚したのでしょう？」

「納得なんてしてないわ。遼河さんが結婚したと聞いて私がどれだけ絶望したか、あなたには分からないでしょうね」

沢渡さんはそう言うと、ゆっくりと立ち上がった。

明るい陽射しの中にいるのに、彼女を取り巻く空間だけが冷たく、暗く澱《よど》んでいる。

沢渡さんは私を睨み付けながら、ゆっくりと左手の手首につけた艶やかなバングルを外した。

現れた華奢な手首の内側には、みみずばれのような傷痕が白く浮き出ている。

ハッとして顔を上げた視線が、彼女の攻撃的な視線とぶつかる。

「遼河さん、このことは話していないでしょう。私、手首を切ったの。私を受け入れてくれないなら死ぬと彼を脅して、狂言自殺をしたのよ」

「そんな……」

「彼は誰にも言わないでしょうね。当時から彼のお父様は沢渡ホールディングスの顧問弁護士だった。そんなスキャンダルが世間に知れたら、私も遼河さんも、すべて終わりだった。悪くない賭けだったはずよ。でも私は、賭けに負けた」

沢渡さんは自嘲的に笑うと、バッグの中から一枚の写真を取り出した。

そして私の目の前に差し出す。

その画像に、私の目は釘付けになった。

見覚えのある汚れた手紙が、そこには映っている。

「ニューヨークのアパートで、私、手首を切って遼河さんに電話をしたの。彼はすぐに来てくれたわ。手当てをして、馬鹿なことをするなって抱きしめてくれた。でもね、こうも言われたの。『どんなに想ってもらっても、僕は君を受け入れることはできない。僕には愛している人がいる。その人以外、誰も愛するつもりはない』ってね。彼の口からそれ以上は聞けなかったけど、彼がドクターを呼びに行っている間に、彼のジャケットのポケットの中から、これを見つけたのよ」

沢渡さんはクスクス笑いながら、私と莉々花の顔を交互に見比べた。

そして吐き捨てるように「可哀想に」と呟く。

「その手紙の内容を教えてあげましょうか。でもあなたにとっては、残酷な内容かもしれないわね」

花々が咲き乱れる陽の光の中で、彼女の言葉が白い刃物のように乱反射する。

聞きたくない。

でも、聞かずにはいられない自分が、縋るように彼女を見上げる。

ちらりと私に視線を落とすと、沢渡さんはうっとりとした表情で目を閉じた。

眩しい光を受けた美しい唇が、言葉をひとつひとつゆっくりと紡ぐ。

「プロポーズは海の見えるレストランで、薔薇の花束を忘れないで。結婚式はステンドグラスが美しいカトリック教会で美しいリバーレースのウェディングドレスと、マリアヴェールを身に着けて挙げる」

彼女の言葉に、全身が冷や水を掛けられたように冷たくなる。

それはまるで、私が遼河さんと挙げた結婚式と同じだ。

「最初の結婚記念日には湖の見えるレストランで食事をして、フィフスアベニューにあるジュエリーショップのハートのネックレスを貰う。野原の花束とキスも忘れないで」

彼女は呪文のように言うと、目を開けて私を見た。

小刻みに震える私に顔を近づけ、彼女が嘲《あざけ》るように笑う。

「もっと続ける？　分かったでしょう。あなたは身代わりなの。もう死んでしまった、彼の最愛の人のね」

私を見下ろす彼女の顔が、勝ち誇ったように微笑んでいる。

楽しそうに、嬉しそうに。

そして何より、私に対する深い憎しみを感じる。

きっとそれは、私が何も知らずに彼に愛されていると思い込んでいたから。

身のほどをわきまえない私を、彼女は我慢できなかったのだろう。

望み通り私を打ちのめしたことを確認すると、沢渡さんは氷のように冷たい微笑みを浮かべた。

そこにはさっきまでの茶化したような笑顔はなく、ただ残酷な宣告をする魔女の顔があった。

「あの時、私は負けたと思ったから身を引いたの。写真を見たでしょう。あの手紙には、おびただしい血が染みついていた。あれを書いた女性は、きっと彼を助けるために死んだのね。彼を引き留めるために、嘘の自殺をしようとした私と違って」

沢渡さんはそう言うと、大げさに眉を顰める。

「それなのに……。遼河さんはあなたみたいな小娘と結婚した。しかも取るに足らない共同経営者の名誉のために。遼河さんは優しいから、あなたの家族を見捨てることができなかったのでしょう。そして彼はあなたを最愛の人の身代わりにした。……そんな偽物のために、私は彼を諦めたわけじゃない。何より、あなたは遼河さんに相応しくない。そのことをきちんと知っておいてもらわないと困るの」

知らぬうちに涙が流れていた。

彼女の言葉は、真実なのだと確信した。

さっと風が吹き、木々の緑や花々が揺れる。

莉々花の柔らかな髪も、ふわりと揺れている。

柔らかな頬にくるんと巻いた綿毛のような髪がかかり、光を受けて金色に輝いている。

「でも……私には莉々花がいるんです。莉々花の父親は、遼河さんしかいません」

縋りつくように沢渡さんに視線を向けると、彼女はまるで童話の中に登場する魔女のように、冷酷に私を見下ろした。

「別れなさい。これは提案じゃないの。命令よ」

「でも……でも、莉々花は」

「あなたは何にも分かってないのね。今はもう、恋とか愛とかそんな子供じみたことを言っているわけじゃないのよ」

沢渡さんはそう言うと、妖艶に笑って莉々花に視線を向ける。

「本当、遼河さんに似ていて可愛いわね」

ハッとしてベビーカーを引き寄せる私に、沢渡さんは心底面白そうな顔をして見せる。

「馬鹿ね。子供になんて興味ないわ。私はただ、遼河さんが欲しいだけ。それも、一生私の手の中で好きにできる、操り人形の彼がね」

彼女の言葉に、全身の毛が逆立つような感情が沸き起こる。

嫌だ。遼河さんがこんな人の手に堕ちるなんて。

「遼河さんはあなたなんかに屈しません。絶対に」

歯を食いしばってそう言うと、沢渡さんの顔に残酷な笑みが浮かぶ。

「私、もうすぐ亡くなった祖母の株を相続するの。そうすれば父や私たち兄弟の持つ株が過半数を上回る。伯父に代わって、父がグループ会社の社長になるのよ」

「そんな……」

現社長の立場を守るために奔走している遼河さんたちの力は、もう及ばないというのだろうか。

そんなことはないはずだ。遼河さんなら、きっとこの局面を乗り越えるはず。

心を奮い立たせて顔を上げると、闇に包まれた沢渡さんの顔に悪魔のような笑顔が浮かんだ。

ぞくりと、背筋を寒いものが走る。

彼女の中にある狂気が、箍《たが》が外れて暴走を始めた気がした。

「私たちが権力を得れば、F&T法律事務所との契約は解除するつもりよ。そうなれば、事務所はいったいどれほどの損害を被るでしょうね。それに今回の騒動を抑えきれなかったというレッテルを貼られれば、他のクライアントの信頼だって得られない。大手のクライアントは、きっと潮が引くように離れていくでしょうね」

「どうしてそこまで……あなたはいったい何を望んでいるんですか」

「まだ分からないの？　本当に、遼河さんはつまらない女と結婚したのね」

彼女はそう言うと、残忍とも言える顔で私を睨み付けた。

「あなたよ。私、あなたの存在が我慢ならないの。身代わりにされているとも知らないでいい気になって、子供まで産んで」

「そんな……」

「じゃあ、最後にチャンスをあげる。もしあなたが遼河さんの前から消えるなら、F&T法律事務所との契約は残してあげてもいい。そうすれば遼河さんだけでなく、事

務所に所属する大勢の従業員も助かるわ。ね、悪い話じゃないでしょう）

彼女の言葉に呆然とする私に視線を向け、沢渡さんはまた、楽しそうに笑うのだった。

どこをどうやって歩いてきたのか分からない。

気づいた時には、私はリビングのソファにぼんやりと腰掛けていた。

私の膝の上では、莉々花が安らかな寝息をたてて眠っている。

（しっかりして、花菜。ちゃんと考えなきゃ）

さっき公園で沢渡さんと話した内容は、お義父さんや父が命をかけて守ってきた事務所の進退を決める重要な事柄だ。

沢渡さんは私が遼河さんと別れれば、沢渡ホールディングスとの弁護士契約を続けると言った。

彼女にとって憎いのは私だけ。

遼河さんのことを憎んでいるわけではないのだ。

（それに……あの手紙のことも、真実なんだろうか……）

あれだけの証拠を突きつけられても、私はまだ信じられなかった。遼河さんの優しい眼差しや、火傷しそうなほど熱い情熱が、みんな他の人に向けられていたものだなんて、信じられない。……信じたくない。

(でも、沢渡さんが、知らないはずのことを知っていたのは本当のことだ)

リバーレースのウェディングドレスやマリアヴェール、それらのものは私が少女の頃から憧れていたものだ。

でも私の知らない誰かが、同じような夢を思い描いていたとしたら……。

遼河さんは私の知らない誰かの夢を、私で叶えたというのだろうか。

私の心を捕らえて離さない琥珀色の瞳も、溶けてしまいそうなキスも、すべていなくなってしまった人の身代わりに、私に与えたというのだろうか。

切り裂かれるような痛みが胸を襲い、苦しくて息も絶え絶えになる。

(……でも真実を知りたい。そうじゃなければ、もう先へは進めないんだ)

心の中でそう決心すると、私は莉々花を抱いて部屋を飛び出した。

実家の母に莉々花を預かってもらい、ひとりで藤澤の実家に向かった。

タクシーを降りてチャイムを鳴らすと、お義母さんが笑顔で出迎えてくれる。

「あら、莉々花ちゃんは？」

「今日は実家に行っていて。お昼寝から起きないので、預かってもらってるんです」

「そう。それで、忘れ物なんだけど、私も探してみたんだけど見つからないの」

お義母さんはそう言うと、困ったように目を細める。

「ネックレス、だったわね？」

「はい。あの、もしかしたら遼河さんの部屋かもしれません。アルバムを探しに行った時に、本に引っかかった記憶があるので」

私がそう言うと、お義母さんはなるほど、という顔をする。

大好きなお義母さんに嘘をついていることが心苦しく、私は目を合わせないまま玄関をくぐると「じゃあ、見てきますね」と足早に階段を上った。

遼河さんの部屋に入ると、真っ直ぐに本棚に向かう。

そしてあの時と同じ絵本を手に取り、ページをめくると、やはり四つ折りにされた便箋が挟まっていた。

（沢渡さんが持っていた写真に写っていたのは、やっぱりこの手紙だ）

手紙は写真に写っていた物より古びて見える。

けれど不吉な予感を感じさせる黒い染みは写真よりも残酷に便箋を汚し、それが誰かの血液であることを鮮明に想像させる。

私は震える指先を抑えながら、そっと四つ折りの便箋を開いた。

便箋は、私が中学の頃はやっていた可愛らしいキャラクターのものだった。

よくは覚えていないが、私も似たものを持っていたような気がする。

そこには、まだ幼い字で、数行に渡って文字が記されていた。

〝遼ちゃんへ〟から始まる文面は、便箋の一行目から下の方まで、びっしりと文字で埋められていた。

〝プロポーズは海辺のレストランで、薔薇の花束と結婚指輪を用意してください〟

その後は、沢渡さんが言っていた通り遼河さんが私にしてくれた事柄がそっくりそのまま記されていた。

身体が震えて止まらなくなったけれど、私は泣かなかった。

(やっぱり私は、この人の身代わりだったんだ)

変えようのない事実が、私の中からすべての感情を奪っていた。

〝湖のほとりで、結婚記念日のプレゼントのハートのネックレスを首に着けてもらう〟

無意識に襟元に手をやると、指先にあの日贈られたハートのモチーフが触れる。

少女の頃から憧れていたアクセサリーだったけれど、今は身に着けているのがつらい。

(このネックレスも……本当は私のためじゃない)

胸の中に寒々しい穴が空いていた。

ぽっかりと空いた大きな穴は、深く深く、底が見えないほどの絶望に私を落とし込む。

私は贈られたあの日以来、肌身離さずつけていたネックレスを外して、手紙に挟んだ。

そして本棚の元の場所に戻す。

「あなたの物だったんだね」

そう呟き、私は部屋を後にした。

お義母さんへのあいさつもそこそこに藤澤家を後にし、実家に莉々花を迎えに行って家に帰った時には、もうすっかり夜になっていた。

莉々花は実家で食事をさせてもらっていたので、ふたりでゆっくりお風呂に入って莉々花を寝かしつけた。

夕飯は食べていなかったけれど、お腹は空かなかった。

(これからどうしたらいいんだろう)

誰もいない静かなリビングで、私はひとり呆然とソファに背を預ける。

頭の中では、公園で沢渡さんに言われたことがぐるぐると巡っていた。

沢渡さんは私が遼河さんと別れれば、沢渡ホールディングスとF&T法律事務所との契約はそのままにすると言った。

遼河さんを自分の操り人形にするのだと。

その発言からも、まだ彼女が遼河さんに強い想いを抱いていることは明らかなことだ。

考えるまでもなく沢渡ホールディングスがもたらす恩恵は、事務所にとってとてつもなく大きなものだ。

その一切がなくなれば、事務所が被る損害は計り知れない。

元々私と遼河さんの結婚は、高橋の名前を守るための苦肉の策だった。

そのことがこんな危機を生んだなら、本末転倒もいいところだろう。

それに……沢渡さんが痛めつけたいのは私だけだ。

私さえ遼河さんから離れれば、事務所の危機を回避することができる。

(ここを出ていこう。……遼河さんと別れよう)

そう心に決めると、私はのろのろと立ち上がり、荷作りを始める。

(遼河さんが帰ってくる前に……)

連日、沢渡ホールディングスの対応に追われている遼河さんは、きっと今日も帰ってこられないだろう。

顔を見てしまったら決心が揺らぐ。今夜のうちに荷物を纏めて出ていこう。

寝室の奥のクローゼットルームの明かりをつけると、キャリーケースに莉々花や自分の衣服を詰めていく。

そのひとつひとつに遼河さんと過ごした日々の思い出が宿っていて、また涙が溢れた。

(離れたくない……でも私がいたら、遼河さんがあの人に苦しめられる。それに……)

遼河さんには、本当に愛している人がいる。

その事実が、一番つらい。

これ以上、その人の身代わりに彼の愛を受けることはできない。……耐えられない。

(でも、莉々花は……)

莉々花のことを考えると、胸が切り裂かれるように痛む。

莉々花には何の咎もない。

彼女から最愛の父親を奪うことが、どうしようもなくつらかった。

(これからどこに行こう。……どうやって生きていこう)

沢渡さんに聞いた遼河さんの詳しい事情は、母や兄にも話せない。

実家には帰れないから、とにかく住む場所を探さなくてはならないだろう。

溢れる涙を拭う気力もなく、私はただただキャリーケースに荷物を詰める。

するとその時、背後の寝室から誰かの低い声が聞こえた。

「何をしてるんだ」

振り向くと、そこには遼河さんが立っている。

「遼河さん……」

遼河さんは煌々《こうこう》と明かりのともる開けっ放しのクローゼットルームにいる私を、暗い寝室からじっと見つめている。

息が詰まるような緊張が、ふたりの間に張り詰めた。

「どこへ行くつもりだ」

「遼河さん、どうして……」

「さっき母さんから電話があったんだ。花菜の様子が変だったから、様子を見てやってくれって」

遼河さんはそう言うと足早に私の側へ近寄り、腕を掴む。

「どこへ行くつもりだ。まさか……ここを出ていこうとしたのか」

「離してください。私……もうここにはいられません」

「何だって……？　花菜、どういうことだ」

遼河さんは強引に私の身体に手を回し、動きを封じるように強く抱き竦めた。

その腕から逃れようと私は身を捩り、彼の逞しい胸を叩く。

「やっ……」

「花菜」

「やっ、いやっ……っ」

「花菜っ!!」

遼河さんは業を煮やしたように私の名を叫ぶと、強引に抱き竦めた私の身体を持ち上げ、ベッドへ押し倒した。

押さえつけられた手から逃れようと渾身の力を込めて身を捩ったが、有無を言わさぬ強い力でねじ伏せられる。

手首を片方ずつベッドに押し付けられ、身体に跨った彼の重みで身動きが取れない。

すぐ近くで私を見据える瞳が、残酷な野生動物のように妖しく光った。

その美しさに思わず目を奪われたものの、我に返って彼から目を逸らす。

「花菜、いったい何があった。……また沢渡華子に会ったのか」

遼河さんの問いかけに、私はつっと顔を背けた。

何も話したくない。……聞きたくない。

遼河さんの口から、あの手紙の人のことを聞くのが怖い。

弱い私の心が、偽りの言葉を口に出させる。

「沢渡さんは関係ありません。遼河さんのことが……もう好きじゃなくなったんです」

涙が後から後から流れて、シーツを濡らしていく。

遼河さんはしばらくじっと私を見つめた後、私の身体を押さえつけながらスーツの上着を脱ぎ捨てた。

片手でネクタイを緩めたら、口を使って乱雑に解く。

彼の意図に気づき、私は必死で身体を捩った。

「やっ……いや、遼河さん……っ」

私の抵抗を無視して、遼河さんの激しい口付けが落ちてきた。

強引な彼の唇から逃れようと首を振ったが、長い指で顎を捕らえられ、思うがままに貪られてしまう。

こんなにも強引な彼は初めてだった。

キスで唇を塞がれながら、私は拳で彼の胸を叩く。

こんなの酷い。

彼は私が身代わりだから、こんな仕打ちをするのだろうか。

すると遼河さんは唇を離して、真正面から私を見下ろした。

怒りとも悲しみとも取れる眼差しが、夜空を流れる星のように冷たく煌めく。

「本当に僕に抱かれるのが嫌なら、抵抗すればいい」

「遼河さん……」

「本当に僕のことが好きじゃないなら、僕を受け入れないはずだ。……花菜、嘘は許さないよ」

遼河さんはそう告げると、また私の唇を塞ぐ。

深く濃い、味わうようなキスが続き、頭の中にうっすらともやがかかって、次第に思考が奪われていく。

彼が与える柔らかな刺激が、私の心と身体に熱をともし、隅々まで潤していく。

押し流されて、繋ぎとめられて。

彼と手を絡めて、いやと言うほど思い知らされる。

どんなに彼を愛しているか。どんなに愛されているのかも。

「花菜、分かる？　僕が今、君の中にいるのが」

繋がり合ったまま、息を荒らげながら遼河さんが言った。

彼の逞しい身体に組み伏せられ、揺さぶられて、肩を揺らして微かな息を吐くことしかできない。

縋るような視線を向けると、また彼の蕩けるようなキスが落ちてくる。

「分かるだろう。僕がどんなに君を欲しがっているか。……君が僕を欲しがっているのかが」

「あ……りょうが、さ……」

「花菜、ちゃんと言って。僕が欲しいって」

遼河さんは懇願するような眼差しで私を見つめると、またひとつキスを落とす。

激しい彼の想いに何もかもが流され、愛しい気持ちが身体に溢れて、止まらなくなった。

遼河さんを愛している。

そして、遼河さんも私を愛してくれている。

私を抱く腕が、唇が、そして眼差しが。彼のすべてが私を求めて、切ないほどの愛を伝えてくれる。

「……遼河さんが欲しい。もっと、たくさん」

手を伸ばして、彼の唇を探した。

彼に与えた小さなキスは、また新たに甘く狂おしい口付けを呼び起こす。

永遠に繰り返される、醒めない夢のように。

「君を愛している。今までも、これからも、ずっと」

彼の甘い囁きが、耳元に触れては落ちた。

気だるい微睡《まどろ》みの中で、遼河さんの手が私の髪を梳く。

ダウンライトが照らす穏やかな明かりの中で、私たちは生まれたままの姿で抱き合う。

まだ熱の冷めないふたりの身体が、ぴったりと重なっていた。

「沢渡に何を言われたんだ」

優しい指先が、私の髪や肌を撫でている。

その心地よさにとろとろと甘やかされながら、私は彼の胸に鼻を押し付ける。

「言って、花菜」

遼河さんの優しい、けれど有無を言わさぬ口調に、心の奥底につんとした痛みが広がった。

こうしてまた遼河さんの腕の中に戻れたことが、正しいことなのかは分からない。

分かっているのは、彼とは決して離れられないということ。

彼を心から愛しているということだけだ。

「沢渡さんは、自分たちが実権を握れば、事務所との契約を解除すると言っていました。でも私が遼河さんと別れれば、契約を続けると」

「それで君は、あんな見え透いた嘘をついて、僕から離れようとしたの？」

「沢渡さんが憎んでいるのは私だけだから。私さえいなければ、みんな助かるって思ったんです」

私の言葉に、遼河さんはふぅっと溜め息をつく。

そして少し身体を離すと、私の顔をじっと見つめた。

きれいな琥珀色の瞳が、咎めるように揺れている。

「彼女の言う通りにはならないから、心配しなくていい。彼女たちの策にはまるほど、僕たちは甘くない。……それより、君は他にも僕に言わなくちゃいけないことがあるんじゃないのか」

「えっ……」

「母から君の様子がおかしいと聞いた時、沢渡が関係しているんじゃないかと直感的に思った。彼女については優が調べていたからね。問いただしたら、君が彼女に付きまとわれていたことを白状した。……本当に君たち兄妹は、どうして僕に一番大事なことを言わないのかな。僕がそんなに信用できない？」

遼河さんはそう言うと、真剣な眼差しで私を見つめる。

「確かに今、沢渡ホールディングスの主権争いが大詰めだ。でも、こっちもそうやすやすと代表の座を渡すつもりはない。着々と準備は進んでいるから、心配はいらない。そんなことより、僕にとっては君が危険に晒されていた方が重要だよ。もう他に僕に隠していることはない？」

遼河さんの問いかけるような視線に、言葉に詰まる。

骨肉の権力争いとは別の次元で、私にとってどうにもならない〝身代わり〟という事実は、こうして彼に愛された今も心に重く伸し掛かっている。

もちろん、遼河さんが本当に私を愛してくれていることは痛いほど分かっている。

けれど最初に私を愛したきっかけが〝身代わり〟であることに変わりはないのだ。

あの手紙の主は、もしかしたらもうこの世にはいないのかもしれない。

それでも、遼河さんはまだ深く彼女を愛しているのだろう。

愛しているからこそ、彼女の望みを、私を身代わりにして叶えているのだ。

（それでもいい。いつか遼河さんが話してくれるまで待っていよう）

その日まで、何もかも超えて彼を愛し続ければいい。

この胸の痛みは、彼への愛の証だから。

「いいんです。私、もう迷いません」

「花菜……」

「今、目の前に遼河さんがいる。それが私の心のすべてだから」

身体を起こし、今度は私から遼河さんに口付ける。

大きく見開いた彼の琥珀色の瞳が、緩やかに細められた。

私から仕掛けたはずなのに、繰り返されるキスに身を任せるうちに彼に組み敷かれてしまう。

くったりとベッドに沈んだ身体が、また彼の熱でとろとろと蕩けだした。

「花菜、君だけだ。僕をこんな気持ちにさせるのは」

温められて、潤されて。

経験したことのない激しい交わりに、また翻弄される。

「もう二度と離さない。……離れないで」

不安な気持ちは、全部流されてしまえばいい。

ふたり繋がり合うこの瞬間だけが、永遠の真実だから。

浅い息を吐きながら、私は彼の背中にしがみつく。

肌と肌が触れ合い、ふたりの身体が強く絡み合う。

「花菜……愛している」

鼓膜を震わせた彼の言葉に、また新しい涙が頬を伝った。

君は誰より愛しい妻　～side遼河～

激しい情交の名残が、寝乱れたベッドのそこここに散らばる。

俺は隣で眠る愛しい人にまた口付けを落すと、その身体を純白のシーツでそっと包み込んだ。

（花菜、よく眠ってるな。色々なことがあったから疲れていたんだろう）

花菜がひとりで抱えていた様々ことを思い、胸が潰れそうに痛む。

仕事に忙殺されていたとはいえ、彼女の苦しみに気づいてやれなかった自分が情けなく、苦い後悔の感情が沸き起こった。

今日、花菜から聞いた沢渡の情報は、どれをとっても腸《はらわた》が煮えくり返るような憤りを覚えるものばかりだ。

それに、まさか花菜を付け回していたなんて。

狂言で手首を切るような女だから警戒はしていたが、まさかここまで執念深いとは思ってもみなかった。

（俺の甘い判断が、結果的に花菜を危険に晒したんだ）

自分の軽率さに、心の底からうんざりする。

ちょっとした気の緩みが命取りになることは、経験上誰よりも分かっているはずなのに。

それに、優も優だ。

確かに事務所は沢渡ホールディングスの一件で天地がひっくり返ったような騒ぎになっているが、沢渡華子が花菜を付け回していたことを俺に報告しなかったのは、明らかに彼のミスだ。

知っていれば、いくらでも打つ手はあった。

(優にはちょっと強めに釘を刺すか……)

情報を整理しながら、俺は沢渡華子の処遇に考えを巡らせる。

そもそも沢渡華子が相続人を名乗り出ている祖母の株式だって、その経緯ははっきりしない。

入所していた高齢者施設には優が張り付いて証言を取っているが、もうずいぶん前から意思の疎通が難しかった祖母が、最近になって遺言状を作成したこと自体が不自然だ。

遺言状作成に立ち会った弁護士が中津川だったことにも、大いに疑念が湧く。

加えて、現社長の長男が起こしたスキャンダル。

未成年の女性との不適切な関係が週刊誌にすっぱ抜かれた形だが、本人は事実無根だと週刊誌を訴える構えだ。

掲載された写真も偽造の可能性があり、こちらに関しては提訴の準備が進んでいる。

恐らく裁判は勝つだろうが、真偽がどうであれ長引くとイメージダウンは免《まぬが》れない。

たぶんそれが、相手の狙いだろうが。

現在関連企業の社長を務める長男の誠実な人となりは、業界関係者なら誰もが知っている。

次期社長として確実にキャリアを積んでいたはずの彼が、あんなつまらない女性スキャンダルに関わっているとは考えにくい。

社長が失脚すれば得をする人物は限られているから、本当に分かりやすい連中で敵としては楽ではある。が……。

俺は隣で眠る愛しい妻にもう一度視線を向ける。

彼女の頬に残る涙の痕が切なくて、我慢できずにまたキスを落とした。

(花菜……こんなに泣かせるなんて、俺も情けない男だ)

沢渡華子が花菜に言った内容なら、だいたいは察しがつく。

恐らく彼女は、十年前に俺と交わしたいくつかの会話を、都合のいいように脚色して花菜を脅したのだろう。

それに花菜は、今日何の前触れもなく俺の実家を訪れたという。

『忘れ物をした』と言って俺の部屋に向かったという彼女の本当の目的を察して、さらに胸が痛んだ。

（きっと花菜は、あの手紙を見たんだろう）

胸に込み上げる切なさと共に、俺の脳裏に遠いあの日のことが鮮明に蘇った。

父のビジネスパートナーである高橋家とは、物心ついた時から親戚同様の付き合いをしていた。

わが家より結婚が遅かった高橋家に優が生まれたのは、俺が六歳の時だ。

花菜が生まれたのは八歳の時。

今思えばまだほんの子供だが、俺は花菜が生まれた日のことを、今でもはっきりと覚えている。

出産の知らせを受けて家族で見舞いに行くと、病室には生まれたばかりの花菜と高橋のお母さんが並んで寝ていた。

(うわ、ちっちゃいな)

優が生まれたときにも見舞いに行ったが、その時とはまるで印象が違っていた。

花菜はとても小さく、愛らしい赤ん坊だった。

(女の子ってこんなに小さいのか)

半ば驚愕して花菜を見つめる俺に、花菜のお母さんが笑いながら言った。

「遼河くん、抱っこしてみる？」

「えっ……」

「優の時も抱っこしてくれたでしょう？　花菜も抱っこしてあげて」

「遼河。抱っこさせてもらったら。花菜ちゃん、本当に可愛いわよ」

花菜、という名を聞いたのも、その時が初めてだ。

女の子が生まれて、嬉しくて仕方ない俺と花菜の母親ふたりに押し切られる形で、
俺はそっと花菜を受け取った。

(うそだろ。こんなに軽いのか)

それが花菜との一番最初の出会いだ。

それからもしょっちゅう俺の実家に集まって食事やバーベキューをしていたから、

ごく自然に、俺たちはまるで兄弟のように育った。

もちろん、歳の離れた俺が花菜と優の子守役だ。

優や花菜が幼稚園くらいの時には、よくかくれんぼの鬼をやらされたっけ。

(かくれんぼの途中で花菜が寝ちまって、俺が見つけたこともあったな)

ひとりっ子だった俺にとって、優と花菜は心休まる大切な存在だった。

優も花菜も可愛くて、何年経ってもありったけの好意を俺に向けてくれた。

懐かしい、遠い思い出だ。

そんな穏やかな俺たちの関係が、あの日、突然変わってしまった。


あれは今から十年以上前の、春のことだ。

俺は待ち合わせのカフェのテーブルにつき、花菜を待っていた。

その年の秋からは、ニューヨークのロースクールに留学することが決まっていた。

もう頻繁には会えなくなるから――。たぶんそんな理由で、花菜から誘いがあっての約束だったと思う。

中学三年生だった花菜は、くるくる変わる表情と大きな瞳が印象的な可愛らしい女の子だった。

俺たちは年の離れた幼馴染みと言ってもいい関係だったが、花菜と俺との関係は、優との関係とは少し違っていた。

『花菜、大きくなったら遼ちゃんのお嫁さんになる』

ほんの小さい頃から、花菜はよくそんな言葉を口にした。

その頃はみんな笑っていたけれど、小学生、中学生と年齢が上がっても、花菜の俺に対する好意は、まるで変わらなかった。

……いや、今思えば、本当はその頃から花菜の中で、少しずつ本物の恋が育っていたのかもしれない。

でも俺は、そんな花菜の無防備な好意に少し戸惑っていた。

もちろん花菜のことは可愛い。

でもそれは、男女の情愛とは違う。

言うなれば、兄か父親のような気持ちだろうか。

花菜が美しい女性に成長して、いつか頼もしい男に守られるのを、見届けてやりたい。

そう自分の気持ちを伝えたら、花菜は納得してくれるだろうか。

（花菜にも、本当に困ったもんだな……）

ふたりきりの食事という今日の予定も、のらりくらりと誤魔化し続けた挙句に泣かれ、仕方なく承諾したというのが本当のところだった。

でも、花菜ももうすぐ高校生だ。

今までついあの可愛らしい眼差しに負けて言うなりになってきたが、もうそろそろけじめをつけさせねばならない。

（よし、今日は甘やかさないぞ。花菜が何か言ってきても、ビシッとした態度で……）

短く息を吐きながら、俺は自分にそう言い聞かせる。

花菜のためには、ここで突き放すことが最良の選択なのだ。

俺は、これから短くない年月を海外で過ごす。

もう近くにいて、花菜を守ってやることはできない。

それに男と付き合うことの本当の意味など知らない花菜が、男はみんな俺と同じだと勘違いするのも危険だ。

（今日で過保護な幼馴染は卒業だ）

そう決意しながらも、一抹の寂しさが胸に浮かぶ。

「遼ちゃん、お待たせ！」

不意に鈴の音のような声が耳に落ち、俺は振り返った。

見ると、そこには花菜が立っている。

花菜は白いベストとチェックのスカートという、今時の制服姿だ。

「花菜、今日は学校だったのか？」

「うん。午前中、部活があったから」

花菜はそう言ってはにかんだように笑うと、俺の隣に座る。

「ねぇ、遼ちゃん。今日は私とデートだからね」

「デートって……一緒に食事するだけだろ」

「違う。ふたりきりなんだから、デートでしょ」

花菜はそう言うと、さくらんぼのような唇を尖らせる。

柔らかな頬、大きな二重の黒目がちな瞳。

艶やかな肩までの黒髪を下ろした花菜は、中学生にしては大人びた顔立ちをしている。美人の宿命、というやつだろうか。

「遼ちゃん、行こう。時間がもったいないもん」

花菜はそう言うと、立ち上がって俺の腕を取る。

通りに出て歩道を歩くと、幼い頃と同じようにごく自然に腕を組まれた。

昔は危なっかしい花菜をひとりで歩かせるのが心配でそうしていたが、今、花菜に絡んだ腕は、自然の成り行きで彼女の胸に当たっている。

戸惑ってさりげなく距離を取ろうとしても、花菜はいっこうにお構いなしだ。

「遼ちゃん、あのね、今日はお買い物もしたいの」

「買い物って……何を買うの？」

「遼ちゃんとお揃いで何か買いたい。……キーホルダーとかは？」

その頃、花菜はまるで蛹《さなぎ》が蝶に変わるように、日々美しく変化していた。

昨日までなかった憂いの表情が、今日の花菜には宿っているように。

今思えば、もうその時から花菜は俺にとって特別な存在だったのかもしれない。

その日は一日、花菜にあっちこっちに連れ回された。

買い物から始まり、映画、ゲームセンターと、絵に描いたような中高生の定番デートコースを満喫する。

そして日が暮れる頃には、海沿いの夕日が美しいレストランで食事をした。

中学生には不釣り合いな洒落たイタリアンを楽しみながら、海と太陽が織りなす神秘的な色彩の変化をふたりで見つめる。

文字通りデート。

最高のデートだ。

食事を済ませてすべての予定を終えると、電車に乗り、花菜の家へと向かった。

花菜は相変わらず他愛のないおしゃべりを続けていたけれど、その横顔はどこか憂いに満ちていた。

きっと花菜にも、一日の終わりが別れの時間だと分かっていたのだろう。

あの日の花菜は、眼差しも指先も髪のひと房まで、それまでの彼女とは違っていた。

今日で何かが変わってしまう。

そんな覚悟が、あの悲劇を生んだのかもしれない。

電車を降り最寄駅の改札を出ると、俺と花菜はすっかり夜の闇に覆われた住宅街を言葉少なに歩いた。

県道を十分ほど歩くと、視線の先に高台に向かう曲がり角が見えてきた。

横断歩道を渡って角を曲がれば、緩やかな坂道が続く一本道。坂の上にある花菜の家まであと少しだ。

すると横断歩道の手前で、不意に花菜が立ち止まった。

先を歩いていた俺は、そんな彼女に気づいて足を止める。

「遼ちゃん、あのね」

花菜はそう言うと、また黙り込んだ。

いぶかしく思い、俺は花菜を振り返る。

「花菜、どうしたんだ」

「あの……」

花菜はしばらく黙っていたが、やがて何かを決心したように顔を上げ、俺を真っ直ぐに見つめた。

「私をお嫁さんにして欲しいの」

一瞬、花菜が何を言っているのか分からなかった。

混乱する頭の中で、花菜の言葉を反芻する。

しかしいくら考えても、言葉の意味以上の何かは思い浮かばない。

「花菜、いったい何を言い出すんだ」

悪い冗談だと思った。もっと言えば、腹立たしくも思った。

でも花菜は、咎めるように視線を返す俺に怯んだりしなかった。

それはたぶん、花菜が幼いなりに真剣に導き出した答えだったのだろう。

薄く開いた花菜の唇が震えている。

緊張から白い顔は血色を失い、黒目がちな瞳には今にも零れそうなほど涙が溜まっている。

(花菜、まさか本気で言ってるのか)

信じられない気持ちで花菜を見つめると、街灯に照らされた花菜の頬がスッと赤く染まった。

そのあまりの可憐さに、胸の奥にざわりとした震えが走る。

目の前にいる幼馴染でも妹でもない少女に惹きつけられ、俺は食い入るように彼女を見つめた。

ぶしつけな俺の視線に気圧され、花菜は一瞬頬を染めたままスッと視線を逸らしたが、やがてまた奮い立たせるようにか弱い視線を俺に向ける。

「私……遼ちゃんのお嫁さんになりたい。……ちゃんと……ちゃんと本気だよ」

そう告げた花菜の目から、大粒の涙が溢れ出した。

珊瑚の色をした唇が、華奢な身体が小刻みに震えている。

子供だと思っていた花菜の真剣な告白に、俺の頭の中は真っ白になった。

何も考えられない。言葉も出ない。

よくよく考えれば、そこまで動揺すること自体、俺も花菜を意識していたことに他ならない。

でもそれが、悲劇の致命傷になった。

背後から走ってきたバイクが転倒して滑り込んできたことに、俺はすぐに気づけなかった。

「遼ちゃん、危ない!!」

それから目の前で起こったことを、俺は一生忘れないだろう。

俺を突き飛ばした花菜が、滑り込んできたバイクに弾かれて遠くに飛ばされた。

ガードレールにぶつかり、まるで人形のようにその場に倒れ込む。

「花菜、花菜ッ！」

可愛らしい額からはおびただしい血が流れ、みるみる花菜の白いベストを真っ赤に染めていく。

運び込まれた救急車の中で花菜の手を握っていると、血で染まったベストの胸ポケットに、折り畳まれた便箋が入っているのに気づいた。

花菜の血に染まった手で、無意識に便箋を取る。

「到着しました。処置しますので、付き添いの方は待合室でお待ちください！」

慌ただしく花菜が処置室へ運び込まれた後、俺は花菜と自分の親に連絡を入れたらしいが、本当はよく覚えていない。

我に返った時には待合室の椅子に座っていて、自分が何かを握りしめていることに気づいた。

持っていたのは可愛らしいキャラクターが描かれた便箋だった。

震える手で紙片を開くと、そこには花菜の可愛らしい字で様々な項目が記されていた。

〝プロポーズは海辺のレストランで、薔薇の花束と結婚指輪を用意してください〟

十五歳の花菜は、本気で恋をしていた。

そして純粋な彼女に真剣に向き合わなかった不実な男を、命がけで守った。

その恋心のいじらしさに、胸が締め付けられる。

「花菜……花菜……」

何も考えられない。

知らぬ間に涙が溢れていた。

『遼ちゃん、大好き』

『私、遼ちゃんのお嫁さんになる』

小さかった花菜が、まだ中学生だった俺にまとわりついて放った言葉。

『私をお嫁さんにして欲しいの』

『……ちゃんと、本気だよ』

どうしてちゃんと向き合わなかったのだろう。

花菜はいつでも、真っ直ぐに気持ちを伝えてくれていたのに。

血に染まった花菜の想いを抱きながら、俺は泣いていた。

ありったけの想いで俺を守ってくれた花菜。

いつも笑っていた可愛い花菜。

幸い額の切り傷以外深刻な怪我はなく、検査の結果どこにも異常は認められなかったが、花菜はそれから数日、目を覚まさなかった。

そしてあの日、俺の目の前でようやく目覚めたのだ。

『……あなたは……誰？』

俺との記憶だけを、どこかに置き去りにして。

どこか甘えるような莉々花の泣き声で、ふっと現に戻った。

バスローブを羽織ってベビーベッドへ歩み寄ると、布団の上に座り込んだ莉々花がまだ寝ぼけたまま泣いている。

抱き上げて少し揺らしてやると、すぐにまたうとうとと眠りに落ちた。

ひとしきり抱いてからそっとベッドの上に下ろし、寝乱れた衣服を直してやる。

おむつを替えて布団を掛けると、やがてまた安らかな寝息が聞こえてきた。

（普段は滅多《めった》に起きないのに……。もしかしたら莉々花にも、怖い想いをさせているのかもしれない）

愛しい娘の寝顔を少しの間見守ってベッドに戻ると、俺は花菜の隣に横たわり、そっと腕枕で引き寄せる。

花菜は子供の頃からの俺との日々を覚えていない。

俺のことだけを忘れてしまったのだ。

（本当に、神様って一番残酷な方法で罰を与えるんだな）

花菜の髪をさらさらと掻き上げながら、俺は事故の顛末を回想する。

あの事故以来、花菜は部分的な記憶喪失になった。

記憶喪失といっても、そのほとんどの記憶についてはまったく問題がなかった。

ただ、俺についての記憶だけが、ごっそり抜け落ちている。

医者の見立てでは戻るかどうかは五分と五分、もしかしたら一生戻らないかもしれないと言われた。

失われた記憶を本人に伝えることについては、家族の判断に委ねられた。

花菜の両親や優は、あれほど好きだった俺のことを忘れるなんてと真実を伝えようとしたが、俺はそんな家族を止めた。

真実を伝えれば、優しい花菜はきっと俺だけを忘れてしまった自分を責めるだろう。

こんな不実な男のために、これ以上花菜を苦しませる必要はない。

それに俺のことだけを忘れたなら、それはきっとその方が花菜にとって幸せだからだ。

そう頭では分かっていても、心は張り裂けそうだった。

失って初めて大切なものに気づくなんて、間が抜けているにもほどがある。

だから、もう二度と間違いは繰り返さないと心に誓った。

もう二度と彼女を失いたくない。

もう二度と彼女を悲しませない。

そして許されるなら、もう一度彼女に愛されたい。

俺の一生分の愛を君に注ぐから。


ニューヨークでの業務は多忙を極めたが、折につけては帰国し、花菜の近況を見届けた。

あの事故以来、花菜は少し変わってしまった。

以前のような無邪気さは息をひそめ、たおやかで美しい女性へと変化していったのだ。

俺はそんな花菜に会うたびに魅かれていった。そして気づけば、彼女に夢中になっていた。

花菜からも、以前とは違う控えめな好意が感じられた。

無邪気だったあの頃とは違う、密やかな大人の恋情だ。

そして運命のように、あの政略結婚で結ばれた。

彼女と愛し合い、莉々花という宝物も授かって、俺にとってこれ以上の幸せはない。

記憶は戻らなくとも、花菜が花菜であることに変わりはないのだから。

（でも花菜はきっとあの手紙を見たんだろう。もうこれ以上、隠し通すことはできない）

彼女の額に唇を落とし、俺はそっとベッドから起き上がる。

様々なことが動き始めていた。

しかしまずはあの醜悪な魔女を、立ち上がれないほど叩き潰さねばならなかった。

悪者は成敗します

翌朝目を覚ますと、もうベッドに遼河さんの姿はなかった。

その代わりに莉々花が、私に折り重なるように眠っている。きっと遼河さんが、ベビーベッドから運んでくれたのだろう。

私は莉々花を起こしてしまわないようにそっとベッドを抜け出し、リビングへと向かった。

(遼河さん、もう出社しちゃったのかな……)

すでにカーテンが開けられたリビングには朝の眩しい光が満ちている。

けれど、そこに遼河さんはいない。

時刻はまだ六時前。

出勤するには早すぎる時間帯だが、きっと仕事が立て込んでいるのだろう。

昨夜無理をして帰宅したのだと気づき、胸がキュッと苦しくなる。

(朝ごはん、作ってあげたかった……)

心寂しく思いながらふと視線を向けると、テーブルの上にメモが残されているのに気づいた。

手に取ると、『昨夜はすまない。愛している』と、愛しい人の文字で走り書きがされている。

身体中に切なさが駆け抜け、思わずメモを胸に抱きしめてしまう。

(やっぱり私、遼河さんと離れることなんてできない……)

青いインクの知的な文字に遼河さんを感じながら、私はまだ新しい記憶を手繰り寄せる。

昨夜、彼に荒々しく愛を与えられた。

身体の隅々まで、爪の先から髪のひとすじまでを、また新しく彼の色に染め替えられてしまったのだ。

一度は別れを決めたはずなのに、ひとたび触れられれば、どうしても彼の手を離すことができない。

自分が思っている何倍も彼を愛しているのだと、いやと言うほど思い知らされてしまった。

(もう過去に捕らわれることは止めて、遼河さんを信じよう)

沢渡さんが言っていた代表権を巡る争いも、今、遼河さんや事務所精鋭の弁護士たちが、力を合わせて解決の糸口を探しているはずだ。

それに、あの手紙のことも。

私はまた、あの色あせた便箋を思い出す。

あの手紙に書かれた内容は、まるで私そのものだった。

ここまで感性が似ている人に会ったことなど、今まで一度もない。

そんな私たちが、同じ人を愛したのもまた、必然のように感じられた。

(それに遼河さんが愛した人なら、きっと私も好きになれる)

彼女との激しい愛が今の遼河さんを作ったのなら、私はその過去も、未来も含めてすべてを受け止めたい。

彼が大切に思っているものなら、私も大切にしたいのだ。

そしていつの日か遼河さんが彼女のことを話してくれたら、とても嬉しい。

こんな風に思えるのは、遼河さんが私たちに惜しみない愛情を注いでくれるからだ。

今まで見えなかった大切なものに気づき、心の鎖が解けていく。

「まーま」

いつの間に起きたのか、莉々花がぴょこりとリビングの扉から顔を覗かせた。

柔らかな身体を抱き上げ、頬にキスを落とす。

「莉々花、おはよう」

リビングに溢れる朝の光で、まだ眠たい顔をした莉々花の髪と瞳が薄い琥珀色に輝いている。

愛しい人からたくさん素敵なものを受け継いだわが子の存在が、私の心に強い気持ちを湧き上がらせてくれる。

(何だか、幸せで泣いてしまいそうだ)

始まりは政略結婚だったけれど、大好きな人と愛し合い、こうして彼によく似た可愛い子供まで授かることができた。

この幸せを守れるよう、私ももっと強くなりたい。

「まま、ちゅ」

クスクス笑いながら、莉々花が私にキスを返してくれる。

私はまたこうしてここで目覚められたことを感謝しながら、もう何回目か分からないキスを莉々花に返すのだった。

午前中をゆっくり過ごし、昼食を済ませて後片付けをしていると、来客を知らせるインターフォンが鳴った。

確認すると、モニターには兄の顔が映っている。

（珍しい。お兄ちゃんが家まで来るなんて……）

驚きつつセキュリティを解除して部屋に招き入れると、兄はバツの悪そうな顔をしながら、私に手提げ袋を手渡す。

値段も味も高級なことで有名なパティスリーの紙袋を受け取りながら、私は兄の顔をまじまじと見つめた。

「お兄ちゃん、どうしたの？　お土産なんて今まで持ってきたことないのに。しかもこんな高いお店……」

「あー、近くまで来たから、ついでってやつだ。莉々花にはゼリーを買ってきたぞ」

兄はそう言うと、足にまとわりついていた莉々花を抱き上げる。

遊んでもらえると思ったのか、莉々花は笑いながら兄の顔をぺちぺちと叩いた。

「おっ、莉々花、また大きくなったんじゃないか？」

「うーう、うーう」

私がケーキの箱を開けてお皿に移している間も、ふたりはご機嫌で何かを言い合っては笑っている。

お互いまともな言葉は発していないのに、ここまで会話が成立するなんて、何だか不思議な光景だ。

テーブルにケーキとコーヒーの用意ができたことを伝えると、兄は椅子に座って莉々花を膝に乗せる。

莉々花に催促されてシャインマスカットのゼリーをせっせと食べさせながら、兄は様子を窺うように私に視線を向けた。

「花菜……お前、ずいぶん嫌な目にあったんだってな。沢渡さんのことを何ですぐに報告しないって、今朝遼河さんにすごく怒られた。お前、あの人に脅されたんだろ。俺が遼河さんには言うなって言ったから……ごめんな」

兄はそう言うと、心底つらそうな顔をする。

私は苺のショートケーキを口に運びながら、笑って言った。

「お兄ちゃんのせいじゃないよ。私にだって、遼河さんに黙っていたことがあったし」

「でも、あの沢渡華子って人、ちょっとお前に対して異常だろ。ホテルで初めて会った日にタクシーでずっと尾行してた話は、遼河さんも絶句してたしな」

「うん……。でも、何か事情があるのかもしれないよ。誰だって、生きてれば色々あるよ」

私はそうぽつりと呟くと、またケーキを口に運ぶ。

兄は莉々花の口の周りを拭いてやりながら、また溜め息をついた。

「お前に対しての嫌がらせ行為は、また証拠を固めて被害届を出すって。でもあの人、ちょっと得体が知れないよな。俺、調べてて寒気がしたもん」

「調べるって……何を？」

「まぁ、色々。そのことについては、遼河さんに任せておけば大丈夫だ」

兄はそう得意顔で言うと、コーヒーカップに口をつける。

ゼリーを堪能した莉々花は、お腹がいっぱいになって眠くなったのか、兄の足元でころころと転がっている。

兄はそんな莉々花を優しい顔で見つめた後、私に視線を戻した。

その見慣れない真剣な眼差しに、思わずドキリとしてしまう。

「花菜。お前さ、中学の時怪我して入院したこと覚えてる？」

「なぁに、いきなり」

「いや、覚えてるのかなって思って」

兄は歯切れの悪い口調でそう言うと、探るような視線を向ける。

いきなり何だろうと思いつつ、私は兄に答えた。

「もちろん覚えてるよ。学校の帰りにふざけて怪我するなんて、本当に落ち着きのない中学生だったよね」

「お前、怪我した時のこと覚えてるのか」

「はっきりとは覚えてないけど、駅の階段から落ちて頭を打ったんでしょ？　細かいことは覚えてないけど、すごく痛くてたくさん血が出たのは覚えてるよ」

「他のことは？」

兄はそう言って、食い入るように私を見つめた。その顔があまりにも真剣で、少し引いてしまう。

「なぁ、お前、本当に何にも覚えてないのか」

「覚えてない。……もう、何なの、いったい」

「いや、今なら何か思い出せるんじゃないかって思ってさ」

「思い出せない。しつこいよ、お兄ちゃん」

それっきり黙り込んでしまった私に、兄は困ったように頭を掻いた。

そして「ごめんごめん、もう聞かない」とおどけたように言う。

不可思議な緊張が解け、私もようやくホッと息をつく。

「お兄ちゃん、今日は変だよ。高級なお土産をくれたり、昔のことを聞いてみたり」

「いや、何となくなんだけど……あの沢渡って人の一件には、あの事故のことも絡んでる気がしてさ」

「事故？」

私が問いかけると、兄は神妙な顔をして頷く。

「あの……本当はさ。あの時、お前は階段から落ちたんじゃなくて、事故にあったんだ」

「えっ……。やだ、お兄ちゃん、何でそんな嘘を言うの？」

「嘘じゃない。お前はあの時、事故に巻き込まれて怪我をした」

兄の言葉に、フォークを持つ手が止まった。

そんなの、今、初めて聞く話だ。

「そんな話は聞いたことないよ。病院の先生だって言ってなかった。……いいかげんなこと言わないで」

兄に反論しながらも、何故か胸の中がざわざわと音を立て、漠然とした不安が私を包み込む。

黙り込んだ私に、兄がさらに見たことのない悲愴な表情を浮かべた。

「いや、これは本当の話だ。思い切って言うけど、お前は中学三年の時、横断歩道でバイクとぶつかる事故にあった」

「そんな……」

バイク？　事故？　そんな話を聞くのは初めてだ。

確かに私は中学三年の時、頭を打って意識を失い、救急車で運ばれた。

その時の記憶は曖昧だけれど、けたたましいサイレンと誰かが手を握っていてくれたことだけはうっすらと覚えている。

でもそれは駅の階段から落ちたからだと、今までずっと信じていた。

何の疑いもなく信じていたのだ。

「花菜……思い出せないか。その時、お前が誰と一緒にいたか」

「誰と……」

考えれば考えるほど、頭の中にもやがかかっていく。

ちらちらと脳裏を掠める記憶の欠片に手を伸ばそうとしても、心の奥底にある臆病な何かがその手を遮り、本当に知りたいことをまた深い闇の中に隠してしまう。

頭の中がぐるぐると回り、不意に眩暈を感じてハッとしてテーブルに手をついた。

息が乱れて、身体中から嫌な汗が噴き出す。

「花菜……大丈夫？」

気がつくと、いつの間にか側に来ていた兄が、心配そうに私の顔を覗き込んでいる。

私は思わず、兄の腕を掴んだ。

「お兄ちゃん……思い出せない、どうしても思い出せないの」

「花菜、落ち着くんだ。……ごめん、もういい。俺が悪かった」

兄はそう言うと、子供の頃のように私の頭を撫でてくれる。

その手の温もりに、私はただ縋りつくことしかできなかった。


兄が帰ってしまうと、床の上で眠ってしまった莉々花を柔らかいお昼寝布団の上に寝かせて一息つく。

さっき兄から聞いた事故のことが、頭から離れなかった。

（お兄ちゃん、どうして今になってあんなことを……）

今まで信じていたことが事実でなかったことを知り、胸騒ぎが止まらなかった。

頭の中がぐちゃぐちゃになり、不安な気持ちが胸を満たす。

今はただ、遼河さんに会いたかった。

（だめだ。しっかりしなきゃ）

遼河さんは今、事務所存続をかけた危機に果敢に立ち向かっている。

莉々花や私を守るため、日々戦っているのだ。

私も逃げてばかりはいられない。

頼りないけれど、私は彼の妻だ。

私がまた弱り乱れれば、彼の邪魔をすることになる。

（遼河さんと莉々花のために、強くなりたい）

そう思い、私は自分を奮い立たせた。


莉々花がお昼寝をしている間に、私は遼河さんに差し入れる夜食を作ることにした。

兄の話だと、今、遼河さん率いる沢渡ホールディングス関連のチームでは、最後の証拠を固めるために事務所に詰めているらしい。

食事は秘書の桜井さんがコンビニで買ったおにぎりを食べるだけの過酷な状況だということだから、せめて何か手作りのものをと、張り切っておかずをたくさん作った。

「これでよし、と」

三段重ねの重箱におかずをぎっしり詰めると、桜井さんに電話を入れる。

彼女とオフィスの一階で待ち合わせをし、お昼寝から覚めた莉々花とマンションの前からタクシーに乗り込む。

オフィスに到着してベビーカーでロビーに入ると、すでに待っていてくれた桜井さんが笑顔で迎えてくれた。

「桜井さん、今日はお手数をおかけして申し訳ありません」

「こちらこそありがとうございます！　助かります。最近はコンビニのお弁当ばかりだから、何だか先生方も殺伐としていて。特に藤澤先生は喜ばれると思いますよ～。先生、奥様のお弁当がある日は本当にご機嫌ですから」

桜井さんに満面の笑みで言われ、顔が赤くなってしまう。

「あの、何だか差し出がましいことをしてしまって申し訳ありません。みなさんのお口に合えばいいんですけど」

急に恥ずかしくなってそう言うと、桜井さんは意味ありげな笑いを浮かべながら首を振る。

「いや～。藤澤先生は奥様が大好きですからね。このお弁当を他の先生に食べさせるのだって、本当は嫌なんじゃないですか。自慢半分、嫉妬半分ってとこですかね」

桜井さんはひとりで頷きながらそう言うと、私と莉々花に優しい笑顔を向けてくれる。

「本当に、冗談じゃなくて藤澤先生は奥様が大好きなんです。力の源って言ってもいいんじゃないかなぁ。奥様、これからも元気でいてくださいね。大げさな話じゃなく、奥様にはF&T法律事務所の行く末がかかってますから!!」

遼河さんにお弁当を作りたくてつい大胆なことをしてしまったけれど、桜井さんの笑顔に励まされ、私の心もほっこり温かくなるのだった。


桜井さんと別れた後、多目的トイレで莉々花のおむつを替えると、私はベビーカーを押して駅へ向かった。

陽はすでに西へと傾き、街をオレンジ色に染めている。

ちょうど通りがかった公園にも、もう人影は見えない。

「莉々花、ちょっとだけ寄り道しようか」

「あーいー」

ベンチの脇にベビーカーを停めて莉々花を降ろすと、待ちかねたように弾ける笑顔で歩き出す。

遼河さんに買ってもらった可愛らしい靴が、元気よく地面を蹴った。

「莉々花、待って！」

走り出した莉々花の後を笑いながら追いかけると、莉々花が笑顔で振り返る。とても楽しく、幸せな時間だ。

けれど突然、こちらを振り向いた莉々花が怯えた顔をして立ち竦んだ。

不穏な空気を感じ、莉々花の側に駆け寄って抱き上げる。

「莉々花……？　どうしたの？」

するとそのタイミングで、背後から低い声が聞こえた。

「約束が違うじゃない。遼河さんと別れる約束でしょ」

振り向くと、そこには沢渡さんが立っていた。側には中津川先生もいる。

不吉な空気を感じて、私は莉々花を抱いたまま後ずさった。

「沢渡さん、どうしてここに……」

「あなたのことは全部分かってるの。下手な言い逃れはできないわよ」

沢渡さんはそう言うと、中津川先生と顔を見合わせて笑う。

その親密そうな姿に、ハッとした。

「まさか……中津川先生が……」

「お馬鹿さん。今頃気づいたの？　あなたや実家の情報は、中津川先生がよくご存じなの。亡くなったあなたのお父様の忠実な部下ですものね。それに、事務所内の情報も私の手の内にあるわ。遼河さんがいくら手を尽くしても、伯父は私たちに勝てない」

「そんな……。中津川先生、どうしてこんなことを！」

私の言葉に、中津川先生の狡猾な眼差しが鋭さを増す。

「確かに、君のお父さんには世話になったさ。だが、所詮は外様《とざま》だ。いくら成果を上げても、表舞台には立てない」

「でも父は、あなたをずっと庇ってきたはずです！」

そう叫ぶと、中津川先生は憎しみの感情を露にして私を睨み付ける。

「庇った？　確かに、君のお父さんは弁護士としてのチャンスを私にもう一度与えてくれた。でも結局、ただ俺を利用したいだけだった。他の者にはさせられない、汚れ仕事をやらせたいだけだったんだ」

中津川先生の憎々しげな眼差しに、私は言葉を失う。

私や兄にとって、尊敬と憧れの存在だった父。

誠実で誰に対しても平等だった父が、本当にそんなことをしたのだろうか。

黙り込んでいると、追い討ちをかけるように沢渡さんが言った。

「そんなことより、早く遼河さんの前から消えなさい。目障りなの。言ったでしょう？　あなたは身代わりなのよ」

嘲るように言い放った彼女に、私は強い視線を返す。

「私、遼河さんから離れません」

「何を言ってるの？……いいわ。それなら、自分の愚かさを思い知らせてやる。言ったでしょう。私の父はもうすぐ、沢渡ホールディングスの代表取締役になるわ。そうなったら、あなたの大事な遼河さんも事務所も終わりよ」

「終わりじゃありません。あなたたちなんかに、遼河さんも事務所の弁護士さんたちも負けませんから」

叫ぶように言い放つと、沢渡さんの残酷な視線がキッと私を貫いた。

それは本当に、ゾッとするような悪意と深い憎悪だ。

でも、もう怯んではいられなかった。

私には守らなければならないものがある。

こんなことでくじけてはいられないのだ。

私は正面から彼女を見据えると、目を逸らさずに言った。

「たとえ私が遼河さんの下を去っても、遼河さんはあなたを愛しません。あなたは誰も愛さない。自分しか愛せない人を、人は愛したりなんかしない」

「何ですって。それ以上私を侮辱したら、許さないわよ！」

「いいえ。何度だって言います。今のあなたを愛する人なんて、世界中にひとりもいないわ」

般若《はんにゃ》のような顔をした沢渡さんが、中津川先生に向かってつっと顎を振った。

残酷な顔で頷いた中津川先生が、革の手袋を嵌《は》めながらゆっくりと私たちに歩み寄る。

「中津川先生……何をするつもりなんですか！」

「何、ちょっと眠ってもらうだけだ。目が覚めたら、外国行きの船の中かもな」

「やめて！　そんなことをしたら、もう弁護士ではいられなくなります」

莉々花を抱っこしたまま後ずさると、だんだん近寄ってくる中津川先生の目に暗い影が宿った。

「手遅れだ。もう引き返せない。……あんたも、このお嬢さんに逆らったのが運のつきだ。言うことを聞いていれば、親子でひっそり暮らすぐらいは許されたものを」

中津川先生の手が私の腕を掴んだ。

危険を察知した莉々花が、パタパタと手を振り回した。

「ヤーっ」

すると偶然莉々花の指先が中津川先生の目に当たり、私を掴んでいた手が一瞬緩む。

その隙に逃げようとしたものの、すぐにまた中津川先生の手が私の腕を掴んだ。

「……このガキ‼」

逆上した中津川先生が莉々花に向かって手を振り上げる。

「やめてっ……」

渾身の力で莉々花を庇おうと身を捩ると、口元を革手袋をした手で塞がれる。

もうだめかと目をつぶった瞬間、突然フッと身体が自由になった。

ハッとして目を開けると、いつの間にか複数の人影が周囲を取り囲んでいる。

中津川先生を取り押さえているのは兄と桜井さん、そして私の肩を抱いているのは遼河さんだ。

「花菜、もう大丈夫だ」

遼河さんの力強い腕に抱かれ、ホッとしたと同時に身体の力が抜けて、涙が溢れてくる。

「遼河さん……遼河さん」

彼の名を何度も呼ぶと、莉々花ごと強く抱きしめられた。

その力強さに、恐怖で強張っていた身体に温かさが戻ってくる。

「遅くなってごめん。間に合ってよかった」

「遼河さん……私……もうだめかと……」

涙に濡れながら遼河さんの胸に縋りつくと、遼河さんの大きな手が髪を撫でてくれる。

このまま外国に売られてもう二度と遼河さんに会えないかもしれないと思っていたから、こうしてまた彼の腕の中にいられることが嬉しい。

「ぱぱ、ぱぱっ」

莉々花もパパが助けてくれたことが分かるのか、目を爛々《らんらん》と輝かせながら何かを訴えている。

「花菜、僕たちの娘は大物だ。君はこんなに泣き虫なのに、莉々花は嬉しそうに笑っているよ」

遼河さんの言葉にまたみんな笑顔になり、こうして親子三人でいられることに心から感謝せずにはいられない。

気づけば周囲には次々にパトカーが到着し、中津川先生は兄の手から警察官に引き渡されている。

その横で沢渡さんは呆然と立ち竦んでいたけれど、私と目が合うとハッと表情を引きしめて身を翻した。

「おっと、あなたもまだ帰れませんよ」

兄と桜井さんが彼女の両側から腕を掴み、逃げようとする彼女を封じる。

ぱっと見は頼りなく線の細い兄だが、子供の頃から習っている合気道のお蔭で体幹は意外にしっかりしているのだ。

「手を離しなさい！　私を誰だと思ってるの！」

「知ってますよ。沢渡華子さんでしょう？」

「こんなことをして……ただでは済まないわよ!!」

遼河さんは私と莉々花からそっと離れると、ヒステリックにわめき散らす沢渡さんに静かに近寄った。

そしてごく近い距離から彼女を見つめる。

沢渡さんは遼河さんを縋りつくような眼差しで見つめると、目に涙を浮かべた。

「遼河さん、お願い、助けて。これは誤解なのよ」

「誤解も何も……。あなたには複数の容疑がかけられているんです。これから警察へ行って、罪を償ってください」

「償えですって？　全部あなたのためにしたことなのよ。あなたがそんな子と結婚するからいけないの。私が身を引いたのは、あなたが本当に愛している人に勝てないと思ったからよ。そんな子と結婚させるためじゃない」

なりふり構わず遼河さんに気持ちをぶつける姿は、私が知る冷酷な沢渡さんではなかった。

そこにはただ、必死で愛を乞う女性がいるだけだ。

けれど遼河さんは、何の感情も読み取れない冷たい顔で沢渡さんに言った。

「あなたに何かを期待させたなら謝ります。でも僕は、あなたに対して何の感情も持っていません。感情を揺さぶられたことも、影響を与えられたことも一度もない。あなたは僕にとって、ただクライアントの一族というだけの存在です」

「そんな……。私はあなたを愛してるの。その子より私の方があなたに相応しいはずよ」

なおも縋りつこうとする沢渡さんを、遼河さんが鋭く見下ろした。

その凍《い》てつくような眼差しは、彼女に対する拒絶と侮蔑の感情をありありと表している。

「愛しているの。十年前からずっと……！」

泣き叫ぶように吐き出す沢渡さんには、もうプライドも何もなかった。

きっと沢渡さんが遼河さんを想う気持ちは本物なのだろう。

でも彼女の愛し方は間違っている。

愛は誰かを傷つけたり、力でねじ伏せたりして得るものではないのだ。

私も遼河さんと出会って、莉々花を産んで、そのことを知った。

「あなたが僕に執着したのは、僕があなたに靡《なび》かなかったからだ。愛しているわけじゃない」

氷のように冷たい遼河さんの言葉に、沢渡さんの身体がびくりと震える。そしてすうっと命が尽きるように力なくうつむき、身体の動きが止まった。

「沢渡華子さんですね。あなたに私文書偽造の容疑で逮捕状が出ています。署までご同行願えますか」

兄の背後から、スーツ姿の男性が近づいてきた。目つきの鋭さから、警察関係者だとすぐに分かる。

男性が兄の手と入れ替わりに沢渡さんの腕を掴もうとすると、スッと顔を上げた沢渡さんがその手を払いのけた。

「触らないで。ひとりで歩けるわ」

その顔には、さっき遼河さんに縋りついていた女性の面影はもうない。

最初に出会った時と同じ能面のように美しい顔を少しも崩すことなく、沢渡さんはパトカーの方へ歩き出した。

物語の最初と最後

「でも、本当にびっくりした」

実家のリビングのソファーに座り、私は大きな溜め息をひとつつく。

「お兄ちゃんも遼河さんも、全部知ってたんだよね」

「まぁな。でもあんなに早く逮捕状が出るとは、思わなかったなー」

どこか人を喰ったような兄の態度に、私は唇を尖らせる。


あの公園の事件から初めての週末、私は莉々花と一緒に実家を訪れていた。

今日は遼河さんも一緒に、私の実家で食事をする予定だ。

午前中にクライアントとの打ち合わせがある遼河さんは、仕事が終わり次第合流する。

「でも、本当に怖かったんだからね。私、殺されかけたんだから」

「ああ。あれは本当にヤバかったなー。ホント、桜井さんのお手柄だよ」

あの日、あのタイミングで遼河さんや警察が助けに来てくれたのは、桜井さんが機転を利かせて通報してくれたお蔭だった。

ビルのロビーでお弁当を渡した後、受け付けの女性と雑談していた桜井さんはたまたま多目的トイレから出てきた私たちを見かけて、しばらく見守ってくれていたらしい。

すると中津川先生が、明らかに怪しい様子で私たちについていくのに気づいた。

不審に思った桜井さんがさらにそのあとをつけ、例の公園での修羅場に遭遇したというわけだ。

桜井さんは遼河さんと警察に同時に通報し、時を同じく沢渡さんを探していた警察が鉢合わせたというのが、事の真相だった。

「中津川先生もこれで本当に終わりだな」

兄はそう言うと、どこか遠い眼差しで溜め息をつく。

中津川先生には情報漏えいや私文書偽造、私と莉々花に対する暴行容疑など複数の罪状がかけられている。

実刑に処されるかどうかはまだ分からないけれど、今後弁護士として活動することは不可能だろう。

「父さんは生前、中津川先生の独立に協力したいって言ってたんだ」

「えっ、そうなの？」

「ああ。彼は大手で歯車になる仕事は向いてない。小さくても得意な分野で一国一城の主になった方がいいだろうって。そのための人脈が作れるよう、何かと心を砕いていたらしい」

けれど中津川先生を気に掛ける父の想いは、彼にはまったく伝わっていなかった。

たとえその人のためを思ってしたことでも、相手に伝わらなければ何の意味もない。

それどころか、誤解が誤解を生んで、憎しみが芽生えることだってあるのだ。

人の心の難しさに、胸がぎゅっと苦しくなる。

「沢渡華子については今後また捜査が進むだろうけど、彼女の父親や兄弟たちもただでは済まないだろうね」

遺言状の偽造だけでなく、沢渡さんについての罪状は今後また増える可能性があるらしい。

それに彼女の父親や兄弟が社長を務める子会社の粉飾決算が明るみに出たことで、沢渡ホールディングスは大きな岐路に立たされることになった。

今後、世間の信頼を回復するために、遼河さんや兄たちF&T法律事務所の弁護士たちも総力を挙げて取り組む所存だ。

「でも、お兄ちゃん、介護施設の職員さんの証言なんて、よく取れたよね。それに、子会社の粉飾決算の証拠も」

今回、沢渡さんとその家族を一網打尽にできたのは、兄が取ってきた明白な証拠や証言が功を奏してのものだ。

一介の駆け出し弁護士である兄がいったいどうやってそんな情報を得たのかと、本当に不思議に思う。

すると兄は、少し悪い感じに、ニヤッと笑った。

「まぁ、昔取った杵柄《きねづか》ってやつ？」

「えっ、何それ」

「いや～、例の介護施設で、昔の知り合いに会ってさ」

得意げに笑って、兄は続ける。

「高校時代、付近の女子高生に俺が人気だったの、覚えてるだろ？」

「うん。〝白雪姫ファンクラブ〟でしょ？」

「そう。その時のファンに、介護施設で偶然会ったんだ。沢渡華子のことを調べてるって言ったら、彼女が仲間に連絡して、情報を集めてくれてさ」

兄はそう言うと、黒目がちな瞳を瞬かせる。

「彼女たち、今でも俺をネタに同人活動をしていたんだって。みんな大人になった俺を知らないから想像でしか描けなかったらしいんだけど、それが今の俺とそっくりだったらしくて。いや～、突然泣かれて、あの時はびっくりしたなぁ。漫画と、小説もあるんだぞ。あ、全部BLらしいけど」

「そ、そうなんだ……」

「中には読む方専門の人もいるらしくてさ。それでその中のひとりが、例の粉飾決算に絡んだ人の奥さんだったってわけ。でもあいつら、本当に酷かったらしいよ。中には精神的に追い詰められて、何の保証もなく辞めた人もいるって。介護施設の職員さんたちも、穏やかに暮らしていた沢渡のお祖母さんに、いきなりやってきたあの人が怒鳴り散らして書類を書かせてたのを、何度も見たらしくて」

兄はそう言うと、小さく溜め息をつく。

人と人との繋がりは本当に不思議だ。

沢渡さんと中津川先生のように欲望や恨みだけで繋がる縁もあれば、今の兄の話のように、何の見返りも求めない想いだけの繋がりもある。

私と家族の絆はどうだろう。

遼河さんとの縁はどうだろう。

黙り込んだ私に、兄が穏やかに言った。

「もうそろそろ遼河さんが来る時間だろ。莉々花は母さんと遊んでるし、駅まで迎えに行ったら?」

「うん。……じゃあ、行ってくる」

兄に見送られ、私は高台にある家から駅に向かう。

今日は今回大活躍をした兄のリクエストで、遼河さんと兄とでとことんお酒を飲むらしい。帰りに車の運転はできないから、遼河さんは電車でここに向かっている。

帰りはタクシーを呼ぶつもりだけど、もしかしたら泊まることになるのかも。

これから始まる楽しい時間を想像しながら、緩やかな坂道を下る。

「遼河さん!」

見通しの悪い角を曲がったら、歩道の反対側にいる遼河さんを見つけた。

嬉しくて、思わず走り出してしまう。

するとその時、猛スピードで走るクロスバイクが歩道の陰から飛び出してきた。

ぶつかる、と思った瞬間、道の反対側から走り出た遼河さんが私の腕を掴んだ。

ぐっと引き寄せ、庇うように抱きしめる。

すんでのところですり抜けたクロスバイクは、振り向きもせずに行ってしまった。

心臓が、破れそうな速さで鼓動を刻んでいる。

ずっと忘れていた何かがひらりと落ちて、心の中で疼いている。

(知ってる。私、ずっと昔にもこの光景を見たことがある)

恐怖よりももっと深い激情が、私の心と身体を震わせる。

「危ないな……。花菜、大丈夫?」

私を包み込む遼河さんの声が耳元に落ちてきた。

その優しい響きが、遠い記憶の中で私を呼ぶ誰かの声と重なる。

ずっとずっと大好きだった私の王子様の声が、頭の中でリフレインする。

大きく息を吸ったら、突然涙が溢れて止まらなくなった。

「花菜、どうしたんだ。どこか痛い?」

顔を上げると、王子様が心配そうに私を見つめている。

「どうして……」

どうして私は、忘れていたのだろう。

こんなにも大切な人のことを。

「遼河さん……私……」

あの日、ニューヨークへ行ってしまう初恋の人に告白をするつもりでいた。

物心ついた時から側にいて、気づいた時にはもう好きになっていた。

彼以外、誰も目に入らなかったのだ。

「花菜、どうしたんだ」

「私……私……」

「しっかり息をして。僕の顔を見て。分かる？」

遼河さんの両手が私の頬を包み込む。

大好きな人の大きな手。

あの日、彼とずっと手を繋ぎたいと思っていた。

彼に触れたいと心から願っていたのだ。

「遼ちゃん……」

そう呟くと、遼河さんの目が大きく見開かれる。

あの頃より大人びた眼差しの、私の最愛の旦那様。

「花菜……思い出したのか」

今にも泣き出しそうな彼に微かに頷くと、次の瞬間にはもう、強く抱きしめられていた。

「花菜、本当に……」

「遼ちゃん……」

「花菜……ごめん」

遼河さんの掠れた声が、年月の重さを物語る。

十年分の彼の悲しみを思い、その悲しみを彼ひとりに背負わせてしまった罪深さに、また涙が溢れた。

「ごめんなさい。私、遼河さん忘れっ……」

遼河さんは言葉を遮るように私を強く抱きしめると、そのまま歩道に崩れ落ちた。

硬いコンクリートの上で、私たちは互いを確かめ合うよう強く抱きしめ合う。

「花菜……僕は君を愛してる。もう、ずっと前からだ」

「遼河さん……遼ちゃん……」

ふたり分の声にならない嗚咽が、歳月を鮮やかに彩っていく。

そうだ。

あの手紙を書いたのは私だ。

私が彼の、最愛の女性だ。

ひとしきり抱き合い、涙を拭い合って、ようやく私たちは立ち上がった。

手を繋ぎ、実家への坂道を上る。

あんなに輝いていた彼への想いを、今まで忘れてしまっていたことが不思議だった。

十年の歳月を経てもなお、あの頃の記憶はこんなにも鮮やかだ。

「遼河さん」

「何？」

「あの日、私、遼河さんに好きだと告白したでしょう。もしも事故にあわなかったら、どんな返事をしていたんですか？」

私の言葉に、遼河さんは優しく笑う。

「告白というより、君は僕にプロポーズしたんだ」

「えっ、そ、そうでした？」

「ああ。君は僕に結婚して欲しいと言った。……自分は本気だとも。覚えてない？」

立ち止まった彼に顔を覗き込まれ、顔中が熱く火照る。

改めて思い返せば、そんなことを言った気もする。

「それに、あの手紙も……」

遼河さんに手紙の話を持ち出され、私は慌てる。

「あれは……違うんです。本気で渡すつもりじゃなくて……」

あの手紙は、遼河さんとのデートプランを考えていた時についい思いつきで書いてしまったものだ。

彼との未来を想像して書いた、本当なら誰にも見せられない代物だった。

それがまさか、彼の手に渡ってしまうなんて。

夢見がちな十五歳の自分が書いたものだから現実離れしていることは仕方ないが、今となっては消えてしまいたいほど恥ずかしい。

(でも……遼河さんはあの手紙の通りに、本当に夢を叶えてくれた)

湖でのランチ、花束やネックレスのプレゼント。

あの手紙を書いたことも忘れていたのに、大人になった私はまるで夢を見ているように幸せだった。

過去も現在も、私のすべてを包み込んで幸せにしてくれる遼河さんに、私はいつでもときめかずにはいられない。

「花菜」

実家の門の前で不意に立ち止まった遼河さんが、とびきりの笑顔を向けた。

その鮮やかさに、また胸の鼓動が大きく跳ね上がる。

いったいいつまで、私は遼河さんに恋をし続けるのだろう。

「君にあんなラブレターを貰ったんだから、僕もちゃんと言おう。花菜、僕は君を愛している。君が僕を忘れてしまってからも……その前も」

「遼河さん……」

「あの事故の日、僕は自分の本当の気持ちに気づいた。どんなに君を大切に思っていたのか、愛おしく思っていたのかを」

遼河さんはそう言うと私の身体に手を回し、抱き上げる。

「だからもう絶対に離さないよ。それに、これからは遠慮だってしない。お母さんや優の前でだって、こうやって君を可愛がる」

遼河さんはそう言って私を抱いたままくるくる回ると、顔を上げてキスをせがむ。

そっと唇を合わせると、いつの間にか地面に下ろされた身体がきつく抱きしめられていた。

「私も愛してる。今も、昔も、これからだって」

「ああ。ずっと一緒だ」

遼河さんはそう言って、また私にキスをする。もう何度目か分からないほどのキスの嵐に、ふたりの笑顔が弾けた。

「遼河さん、もうそろそろ家に入りましょう」

「うん。でも、もう一回だけ」

遼河さんはそう言って長い指先で私の頬に触れると、両手で私の頬を包み込み、最後に情熱的な口付けを与えてくれた。

求め合って、絡め合って。

この続きは、また今夜。

鉄製の門扉をくぐる彼の後姿が愛しくて、私はまたギュッと彼に抱きついた。

そしてさっきからどうしても言えなかった言葉を、彼の背中に伝える。

「遼河さんのことを忘れてごめんなさい。ずっとあなたを好きだった私を忘れて……ごめんなさい」

私の言葉に、泣き出しそうな顔をして振り向いた遼河さんが私をまた強く抱きしめる。

息が止まるほど強く、狂おしいほどの抱擁にまた新たな涙が溢れていく。

彼の腕の中で、私はこれから始まる彼との新しい物語に想いを馳せる。

幾度繰り返されても物語の最初と最後は、愛しい人の優しい眼差しが私の胸を焦がすのだった。

エピローグ　～side遼河～

「いーち、にー、さーん」

藤澤の家のリビングで、俺は目隠しをして数を数える。

大きな声で数えるのは、かくれんぼの鬼のお約束だ。

「よんじゅはちー、よんじゅきゅー、ごじゅう！」

数を数え終わった俺は、目隠しを解いてゆっくりと振り返る。

周囲に子供たちの気配は感じられないが、それでも一応探してみるのが、鬼の役目だ。

ゆったりと座れるL字型のソファには、俺の元秘書の桜井真琴《まこと》さん――今は優の奥さんだから高橋だが――が、生まれたばかりの女の子を抱いて座っていた。

「藤澤先生、真剣ですね」

「ああ。こういった遊びは真剣にやらないとみんな面白くないだろ？」

彼女が優と結婚して、もう四年ほどになる。

なれそめはあの公園での大捕物だというのだから、本当に縁とは不思議なものだ。

優と彼女の間には、子供がふたりいる。

今年三歳になる海《かい》と、今彼女の膝の上で眠っている凪《なぎ》だ。

今年生まれたばかりの凪は当然無理だが、長男の海は父親の優と共に、目下このかくれんぼに参戦中だ。

ざっとリビングを見渡し、通り過ぎるふりをしてまた戻った。

そして不自然に並んだクッションの山の辺りを、じっと観察する。

五つ並んだクッションは母のお手製だ。

パッチワークで北欧の森を象ったクッションカバーはスモーキーな色合いで、古い洋館づくりのこの家によく馴染んでいる。

俺はしばらく思案してから、そのうちのひとつをそっと持ち上げた。

緑色のズボンをはいた丸いお尻が、クッションに紛れてぴょこんと飛び出している。

「見つけた！」

キャーという声と共に、おちびさんひとりを捕獲。

捕まえたのはわが家の長男、大河《たいが》だ。

「ああ、たいちゃん、捕まっちゃった」

「つかまっちゃった」

大河はにこにこ笑いながら真琴さんの下へ走り寄り、赤ちゃんを眺めてまた俺の側に戻ってくる。

恐らく大河の共犯だった真琴さんは、少し咎めるような眼差しで俺を見やった。

「藤澤先生、ガチですね！」

「当たり前だ。そうじゃなきゃ、成長がないだろ。次は見つからない場所に隠れなきゃな」

もう一度あたりを見渡して、ここは終了、とばかりに、俺は大河を片手で抱きながらリビングを後にする。

莉々花の弟の大河は、まるで怪獣のような三歳児だ。

花菜が記憶を取り戻した翌年の春に生まれたから、莉々花とは二歳違い。

とにかくやんちゃな男の子で、顔立ちは花菜にとてもよく似ている。

この春から莉々花の通っている幼稚園の三歳児クラスに通い出して体力もつき、ずいぶんできることが増えた。

男親としては、これから一緒に遊ぶのが楽しみだ。

「パパ、お姉ちゃん探す？」

「そうだな。お姉ちゃんは探すのに時間がかかるから、先に優おじさんを探そうか」

「ラジャー」

二階に続くらせん階段を上って大河を腕から下ろすと、そのとたん、まるで子犬のように走り去ってしまう。

そして次の瞬間には、父の書斎から優が大河を抱っこして出てきた。

「優、お前もう見つかったのか」

「おじさんの部屋の振り子時計の裏に隠れてたのに、大河に見つかっちゃって。やっぱりこの勘のよさ、遼河さんのＤＮＡはすごいですよね～」

楽しそうにきゃっきゃと笑いながら階下へ下りていく大河と優は、何故だかとても馬が合う。血の繋がりとは、本当に不思議なものだ。

「あとは海と莉々花か……」

残るべくして残ったこのふたりはなかなかの強敵だ。

このメンバーでのかくれんぼはもう何回か鬼を経験しているが、海は毎回意表を突いた場所を選ぶので、ひとつずつ可能性を潰していくのに時間がかかる。

莉々花は一番年長の五歳ということもあり、大胆な心理作戦を使う。

「先に海を探すか……」

俺は少し考えを巡らせると、物置になっている屋根裏部屋へと向かった。

読み通り屋根裏部屋で、段ボール箱の中に隠れている海を見つけた。

ここまでで約五分。十分のタイムトライアルをしているから、残りはあと五分だ。

でも莉々花を五分で見つけるのは難しい。

今日の莉々花は、どんなアプローチで隠れる場所を選んだのだろう？

「莉々花が今日着ていた服は何だっけ」

今年幼稚園の年長になった莉々花は、絵本や映画を観るのが好きだ。

特にプリンセスが出てくる話が大好きで、そういう女の子らしいところは花菜とよく似ている。

「今日はアリスだったかな……」

確か莉々花は青いワンピースを着て花菜にアリスの髪型にしてもらっていたはずだ。

そう思いが巡り、俺はらせん階段を下りて階下へ向かう。

リビングに戻ると、家族みんなが揃って和気あいあいと談笑していた。

下りてきた俺に気づき、優が笑顔を向ける。

「莉々花は見つかった？」

「ああ。たぶん」

俺はみんなの横を通り過ぎると、リビングの片隅にある、小さなテーブルが置かれた一角へと向かった。

その小さなスペースには、アンティークドールや英国製の小物など、母の趣味で集められた物たちが飾られている。

年代物だけに壊れやすく高価な物も多いので、子供たちにはあまり立ち入らせない空間だが、母と趣味が合う莉々花だけは、物に触れることが許されている。

チェストを置いて小さな部屋のように設えられたその場所からは、母が丹精込めたイングリッシュ・ガーデンを眺めることができ、水色のテーブルクロスがかけられた丸いテーブルは、イギリスから取り寄せた本物のアンティークだ。

音をたてないよう近寄ると、こちらから見ればちょうどテーブルクロスで死角になる椅子の陰で、人形たちに囲まれて莉々花が眠っているのが見えた。

（やっぱりここだったか）

俺は手を伸ばして莉々花をそっと持ち上げ、腕の中に抱き留める。

「えっ、莉々花、ずっとそこにいたの？」

ソファに座っていた優が驚いたように声を上げた。

人差し指を唇にあててシーッと言うと、意図を理解したのか、集まった一同がみんな揃って人差し指を唇に当てる。

母が敷いてくれた毛布に莉々花を横たえ、みんなが待つソファに腰を下ろした。

「びっくりした。あんなところにいたなんて」

心底驚いたように真琴さんが言うと、「おねえちゃん、すごいな」と大河がつくづく感心したように言い、みんな揃って笑顔になった。

莉々花のワンピースとテーブルクロスの色が似ていたせいもあるが、きっと莉々花にとっては、このワンピースとあの一角のイメージが同じだったのだろう。

莉々花が持つ色や形の感受性は、俺の母が持つそれとよく似ている。

こんな場面でもまたＤＮＡが引き継がれているのだと思うと、血の繋がりは肉体的なものだけでなく、感受性や精神性までにも及んでいくのだと驚かされる。

（こんなこと、前にもあったな……）

そうだ。ずっと昔、花菜も……。

「あれ？　花菜は？」

俺の言葉に、母と花菜のお母さんが驚いたように目を見開いた。

集まった中に花菜がいない。花菜だけがいないのだ。

「一緒にかくれんぼしてたんじゃないの？」

「いや、かくれんぼを始めた時にはいなかった」

突然の花菜の不在に、胸の奥がざわざわと騒ぐ。

こんな風に突然いなくなられるのは、正直もうトラウマだ。

「──あ、そう言えば、花菜さん、お庭を散歩してくるって言ってました」

思い出したように真琴さんに言われ、表面上何でもない顔をしながら、心の底からホッとする。

母やお義母さんは一応ホッとした顔をしながらも、「遅いわねぇ」と心配そうに立ち上がって庭の方を眺めている。

「ちょっと見てきます」

居ても立ってもいられず、俺はソファから腰を上げた。

ハーブが植えられた小路を通り抜け、花菜が好きな薔薇の庭園へと急いだ。

「──あ」

思った通り、まだ蕾ものらない薔薇の向こうで花菜がガーデンチェアに腰掛けているのが見える。

気持ちが急いて、思わず彼女の下へと走り寄ると、暖かな陽気のせいか、花菜は椅子に座って眠っている。

「花菜……」

声を掛けてみたが、花菜が起きる気配はない。俺は隣に座って手をそっと握る。

時おり庭園を渡る春風が、花菜の艶やかな黒髪を優しく撫でていく。

その寝顔があまりにも可愛くて、思わず彼女の頬に触れた。

(目を閉じていたら、まるでまだ子供みたいだ)

この家で眠っている彼女を見つけるのは、これで二度目だ。

一度目はもうずっと昔。花菜が今の莉々花ぐらいの時のことだ。

ある時、花菜がいなくなったと家じゅう大騒ぎになったことがあった。

どうやら優とふたりでかくれんぼをしていて、そのまま寝てしまったらしい。

花菜も莉々花と同じように隠れるのが得意だったから、見つけるのが大変だった。

双方の家族総出で家じゅうくまなく探して、結局、まだ小学生だった俺が花菜を見つけたんだ。

(あの時は、玄関の大きな花瓶の中に入ってたんだっけ)

大人しいのに時々大胆なことをする花菜は、今でもこうやって俺の心をざわざわさせる――。

「……あ、私、寝ちゃってたんですね」

花菜の寝顔をじっと見つめていたら、花菜がぱちりと目を覚ました。

目を擦りながら可愛らしくふふっと笑うから、こうして心配させられたことすら、もうどうでもよくなってしまう。

花菜は肌触りのよさそうな、生成り色のコットンワンピースを身に着けている。

控えめな襟ぐりから覗く白い胸には、大小合わせて三つのハートが揺れている。

彼女の胸に小さなハートが増えるのは、たぶん、もうすぐ。

「風が出てきた。もう家に入ろう」

花菜の手を取りそっと椅子から立ち上がらせると、腰に手を回し、もう片方の手を握った。

「遼河さん、ちょっと過保護すぎます」

「いいだろう。大事な身体なんだ。何かに躓《つまず》いたりしたら一大事だ」

この子が生まれたら、またここで一緒にかくれんぼをしよう。

そしてまた、どこかで眠っている君を見つける。

君が目覚めた時最初に見る顔が、いつも僕であるように。

何度季節が巡っても君と一緒にいたい。

そう心から思い、俺は春の風に願いを乗せた。

あとがき

こんにちは。初めまして。有坂芽流と申します。

この度は私の著書をお手に取っていただき、本当にありがとうございます！

さて、今回のお話は幼馴染みのふたりが繰り広げる、政略結婚ストーリーです。

ヒーローの遼河は、もう『これでもか』というほど、甘い年上旦那様。私が大好きな王子様系スパダリを、久しぶりに思う存分書かせていただきました。

そして遼河の愛を一身に受ける花菜は優しく穏やかで、でも愛する人のためならどんなことでもできる芯の強いヒロイン。ふたりの愛娘である莉々花も、隠された切なさを抱くふたりの関係の中で、ひときわ輝く光のような存在になっています。

形式としては政略結婚という形で結ばれたふたりですが、互いを想う気持ちは溢れるほどで結婚生活は幸せそのもの。

でもある日、突然ある女性が現れて、幸せな家族に暗い影を落とします。

今作では主人公ふたりの相思相愛ラブや可愛いベビーを書くのがとても楽しく幸せだったのですが、悪役として登場する女性、華子を書くのもまたとても楽しい経験でした。

『何をするか分からない』彼女の狂気すれすれの台詞や鬼気迫る表情は、書いていて何度『こわっ』と思ったかしれません。

そんなスリルも含めて、楽しんでいただけると嬉しいです。

愛を信じようとするヒロインと、愛を守ろうとするヒーローの織りなす物語。

真実が少しずつ解き明かされるたび、遼河と花菜、それぞれの愛が皆様の心に少しでも届いたなら、作者としてこれ以上幸せなことはありません。

最後になりましたが、この本が刊行されるまでにご尽力いただいたすべての皆様に感謝申し上げます。

そして何より、いつも見守ってくださる読者の皆様に心からの感謝と愛を込めて。

皆様の存在が私の書く力になっています。本当に、本当にありがとうございます。

お元気で、幸福で。またいつかお目にかかれることを心から祈っています。

有坂芽流

ファンレターの宛先

マーマレード文庫をお買い上げいただきありがとうございます。
この作品を読んでのご意見・ご感想をお聞かせください。

宛先 〒100-0004 東京都千代田区大手町 1-5-1
大手町ファーストスクエア イーストタワー 19 階
株式会社ハーパーコリンズ・ジャパン マーマレード文庫編集部
有坂芽流先生

マーマレード文庫特製壁紙プレゼント!

読者アンケートにお答えいただいた方全員に、表紙イラストの
特製 PC 用・スマートフォン用壁紙をプレゼントします。

詳細はマーマレード文庫サイトをご覧ください!!
公式サイト
@marmaladebunko

twitter も チェック!

m a r m a l a d e b u n k o

マーマレード文庫

政略結婚のスパダリ弁護士はママとベビーに揺るぎない猛愛を証明する

2022年5月15日　第1刷発行　定価はカバーに表示してあります

著者　有坂芽流　©MERU ARISAKA 2022
発行人　鈴木幸辰
発行所　株式会社ハーパーコリンズ・ジャパン
東京都千代田区大手町1-5-1
電話　03-6269-2883（営業）
0570-008091（読者サービス係）
印刷・製本　中央精版印刷株式会社

Printed in Japan ©K.K. HarperCollins Japan 2022
ISBN-978-4-596-70659-1

m a r m a l a d e b u n k o